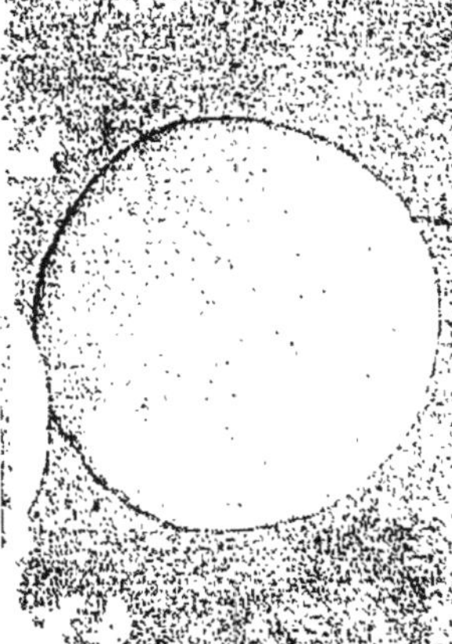

VEILLÉES

POÉTIQUES.

IMPRIMERIE BOUCHER, RUE DES BONS-ENFANS, N°. 34.

VEILLÉES

POÉTIQUES;

Par Louis Bonnet.

> Variété, c'est ma devise.
> La Fontaine.

. A PARIS,

CHEZ ANTHe. BOUCHER, IMPRIMEUR-LIBRAIRE,

RUE DES BONS-ENFANTS, Nº. 34;

ET PETIT ET DELAUNAY, LIBRAIRES AU PALAIS-ROYAL.

1823.

PRÉFACE.

—

« Un auteur à genoux dans une humble préface,
» Au lecteur qu'il ennuie a beau demander grâce.
» Il ne gagnera rien sur ce juge irrité
» Qui lui fait son procès de pleine autorité.
» . . . .
» Il se soumet lui-même aux caprices d'autrui ;
» Et ses écrits tout seuls doivent parler pour lui.

BOILEAU , Satyre 9e.

D'accord ; mais pourtant quelquefois est-il besoin d'expliquer ses raisons. Or voilà les miennes :

Jeune encore comme je le suis, c'est une entreprise bien hardie, sans doute, que la publication d'un poëme en cinq chants. Il me semble vous entendre dire, mon cher lecteur : « L'auteur a-t-il donc oublié le » précepte d'Horace, qui recommande aux poètes » d'attendre neuf ans pour publier leurs ouvrages ? » Et ce précepte ne s'adressait-il pas à lui plus » qu'à tout autre, vu son peu d'expérience et l'âge » où il a commencé d'entrer dans la carrière poé- » tique ? »

Il est vrai; voilà des reproches bien fondés; je conviens avec vous de mes torts, ami lecteur. Ce n'est pas à moi qu'il appartient de dire

« Je suis jeune, il est vrai; mais aux âmes bien nées
» La rime n'attend pas le nombre des années. »

Mais ne passez-vous rien aux folies de la jeunesse? Et mon âge lui-même ne doit-il pas plutôt vous engager à être plus indulgent pour les nombreux défauts dont vous pourrez peut-être m'accuser avec raison?

Parmi ces nombreux défauts que vous aurez à me reprocher, il se pourra faire que vous blâmiez le caractère passionné de Zamira.

« Quelle apparence, direz-vous, qu'un berger » pousse la jalousie à un tel excès? »

Je veux bien être de votre avis, mon cher lecteur, car vous me paraissez un juge trop équitable pour que je n'en sois pas.

Mais songez-vous bien, s'il vous plaît, que je n'ai dit nulle part que Zamira fût un berger; et que, quand bien même il aimerait une bergère, ce n'est pas une raison pour qu'il le soit?

Je vais plus loin : je veux que Zamira soit berger,

je le veux; mais est-il indispensable, à cause de cela, d'en faire un personnage doucereux ?

« Oui sans doute, me répliquerez-vous; est-ce » que les bergers de l'Astrée n'ont pas tous un même » caractère : doux, constants, discrets, fidèles ? »

Je l'avoue; mais d'Urfé a fait un roman pastoral; et moi je n'ai nullement prétendu que mon poëme fût une pastorale.

D'ailleurs pourquoi serais-je tant condamnable d'avoir fait Zamira si passionné ? j'en reviens toujours là. On peut m'objecter peut-être que les mœurs des villageois sont plus douces, plus simples, plus pures que celles des habitants des villes, et que les passions n'agissent pas avec autant de force dans leurs cœurs.

Je le crois; mais est-ce une raison pour que les habitants de la campagne soient à l'abri des passions, et surtout au-dessus de l'amour, qui souvent viole les droits les plus saints ? Nous n'aurions, hélas ! que des exemples trop réels à citer, des fureurs qu'a produites quelquefois parmi eux cette dangereuse maladie de l'âme.

Quant aux poésies qui suivent le poëme dont je viens de parler, elles ont presque toutes été composées pendant que je travaillais à Zélide et Zamira.

Il faut bien un peu diversifier; et je répéterai avec notre bon La Fontaine :

» Variété, c'est ma devise.

Voilà donc tout ce que j'avais à vous dire, ami lecteur. A présent je me tais; quittez votre visage sévère, lisez et prononcez, j'attends votre sentence.

ZÉLIDE ET ZAMIRA,

POÈME EN CINQ CHANTS.

CHANT PREMIER.

Nymphes de la Gartempe, ô vous nymphes chéries,
Qui de vos flots d'azur couronnez nos prairies,
Bosquets silencieux, beaux vallons, clairs ruisseaux,
Ruisseaux où la bergère abreuve ses troupeaux,
Vous qui pour moi jadis étiez si pleins de charmes,
Je ne puis vous revoir sans répandre des larmes.
Hélas! tout me rappelle un ami malheureux
Dont la mort pour jamais vient de fermer les yeux.
Il n'est plus ; c'en est fait! O Zamira! chère ombre,
Entends ma triste voix de ta demeure sombre !
Vois quels sont mes regrets! sois sensible à mes pleurs!
Je vais, ô mon ami, célébrer tes malheurs.
    Zélide et Zamira s'aimaient dès leur enfance,
Malgré l'inimitié dont l'aveugle puissance
Divisait leurs parens et troublait leurs amours.
A peine commençait l'aurore de leurs jours,
Ils connurent des feux qu'ils n'avaient pas su craindre ;
Mais il n'était plus temps alors de les éteindre.

Amour, que n'ont-ils su fuir ton joug oppresseur !
L'un et l'autre aujourd'hui jouiraient du bonheur ;
Et toi, cher Zamira, nos champêtres asiles
Te verraient parmi nous couler des jours tranquilles.
Mais pourquoi m'arrêter à des regrets nouveaux ?
J'ai déjà dévoilé la cause de tes maux ;
Hâtons-nous : suspendons, pour un moment, nos larmes,
Et commençons enfin à peindre tes alarmes.
Déjà mai souriait, déjà les noirs frimas,
Précipitant leur course, avaient fui nos climats ;
Déjà chaque matin l'alouette légère
Gazouillait, saluait l'aurore printanière.
L'aquilon se taisait : à peine le zéphir
De l'onde cristalline agitait le saphir,
Et les arbres de fleurs se couronnant la tête,
Reprenaient leur fraîcheur et leurs habits de fête.
   Un soir, tout le hameau, pour célébrer des jeux,
S'assemblait.... Cependant un nuage orageux
S'étend, couvre le ciel d'un rideau noir et sombre ;
Phœbé voile son front et laisse régner l'ombre.
Déjà brille l'éclair ; la foudre retentit :
La forêt lui répond ; l'oiseau tremble et frémit :
L'airain frappe les airs ; le peuple fuit en foule :
La foudre tout-à-coup s'avance, gronde, roule,
Déchire le nuage et tombe.... Les Autans
Mugissent, et des airs s'épanchent cent torrens.
   Quelques instans après les aquilons s'appaisent,
L'air fraîchit, le tonnerre et la frayeur se taisent.

La lune reparaît sur un trône argenté,
Et perce de la nuit l'épaisse obscurité.
Alors le doux parfum des pelouses fleuries,
Le chant du rossignol, les ruisseaux des prairies,
Les perles que l'on voit des arbres découler,
Les feuilles que Zéphir fait doucement trembler,
Le silence et la nuit, tout fait dans la nature
Éprouver une joie aussi douce que pure.
Dans un bocage frais, inaccessible au bruit,
Zélide se retire, et sa douleur l'y suit.
« L'astre des nuits, dit-elle, au haut de sa carrière (1,
» Blanchit l'azur des cieux de sa douce lumière :
» Un silence profond règne dans l'univers ;
» L'ouragan furieux ne trouble plus les airs,
» Ne brise plus les troncs des peupliers sauvages,
» Et voit cesser le cours de ses affreux ravages.
» Tout dort : je veille seule, et songe à mes malheurs.
» O mon amant, objet de toutes mes douleurs,
» Fallait-il que le sort nous devînt si contraire,
» Et qu'un père chéri causât notre misère !
» L'hymen à Philoclès m'unit avant trois jours :
» Il faut donc, Zamira, t'oublier pour toujours !
» Moi, t'oublier !.... Hélas ! au lever de l'aurore,
» Pâle, triste, et le soir plus affligée encore,
» Je songe à toi ; des pleurs obscurcissent mes yeux,
» Et je m'écrie : ô mort, viens éteindre mes feux.
» Bientôt j'accomplirai tes ordres, ô mon père !
» Mais bientôt le trépas fermera ma paupière.

» En ces derniers momens donne-moi quelques pleurs;
» Écris sur mon tombeau ma vie et mes malheurs,
» Et que le passant dise: Amante infortunée,
» O toi qui méritais une autre destinée,
» Dors, avec tes aïeux, d'un paisible repos;
» Des humains agités, là finissent les maux. »
Zamira, cependant, vient près de ce bocage.
Une femme gémit derrière le feuillage.
C'est son amante, il vole. « Elle est dans ces beaux lieux ;
» Je pourrai lui parler; enfin je suis heureux.
» Entrons... Je tremble...» Il dit, franchit d'un pied rapide
L'épineuse cloison qui lui cache Zélide.
« Zélide!.. Elle est ici; je ne me trompais pas.
» — C'est lui-même!.. en ces lieux il dirige ses pas.
» S'il savait quels malheurs mon père nous prépare,
» Et qu'un destin jaloux pour jamais nous sépare!
» Ah! si je le voyais pour la dernière fois!...
» Zamira, de mon père ignores-tu les lois?
» Sais-tu qu'à te haïr Zélide est condamnée?..
» O dure obéissance! ô funeste hyménée!
» Je croyais près de toi vivre dans le bonheur :
» Fallait-il écouter une flatteuse erreur!
» — Quoi donc!.. Que parlez-vous de haine et d'hyménée?
» Vous m'aimez?.. — Si je t'aime, hélas, infortunée!
» — Hé bien, ma douce amie, il ne me manque rien, (²
» Tous mes vœux sont remplis! Quel bonheur est le mien?
» Vois-tu, dans le lointain, vois-tu cette rivière
» Des pâles feux du ciel réfletant la lumière;

» Plus loin, ces monts altiers couronnés de forêts,
» Et ces champs sablonneux ennemis des guérêts?
» Rapelle-toi le jour où parcourant ces plages,
» Je te vis, au-dessous de ces plaines sauvages,
» Sous des ombrages frais conduire tes troupeaux
» Qui paissaient l'herbe en fleur le long des clairs ruisseaux.
» Je descends, je te parle, et mon front se colore;
» Je te dis en tremblant : Zélide, je t'adore...
» Momens délicieux!... que nos pleurs étaient doux!...
» — De Numanos, mon père, évitons le courroux :
» Il me l'a commandé, je dois fuir ta présence.
» O Zamira! tâchons, par notre obéissance,
» De faire que le ciel soit sensible à nos vœux :
» Un jour peut-être, un jour nous serons plus heureux. »
Elle dit : à ces mots tous deux ils se retirent,
Déplorent leur destin, se regardent, soupirent :
Hélas! et puissent-ils ne pas voir, dans deux jours,
Des malheurs plus cruels traverser leurs amours!

————

CHANT II.

L'Aurore jaunissait le clocher du village ;
Le chantre du matin, secouant son plumage,
Saluait par ses cris les feux naissans du jour,
Et du labeur champêtre annonçait le retour :
Les astres de la nuit achevant leur carrière,
Pâlissaient et fuyaient l'éclat de la lumière ;
Lorsque, les yeux en pleurs, le jeune Chrisoès
Apprend à Zamira l'hymen de Philoclès.
Mal instruit des malheurs de la triste Zélide,
« On a vu, lui dit-il, on a vu la perfide
» Combler de ses faveurs votre indigne rival :
» Oubliez-la ; sachez, par un mépris égal.... »
» — O mon cher Chrisoès, elle n'est point coupable ;
» De cette trahison son cœur n'est point capable.
» Hier, lorsque la nuit avait voilé les cieux,
» Je la vis ; que de pleurs coulèrent de ses yeux !
» Quel amour !.... Mais, peut-être, ébloui par ses larmes,
» Devais-je, infortuné, moins croire à ses alarmes....
» Peut-être, violant ses sermens et sa foi,
» Ses pleurs coulaient alors pour un autre que moi !
» Ah Dieu ! s'il était vrai..... je volerais chez elle,
» Et ce bras, altéré du sang de l'infidèle,

» L'immolerait soudain à ma juste fureur!....

» Quoi! porter son audace à cet excès d'horreur!

» J'aurais, d'un front serein, vu moissonner ma vie ;

» Mais me voir à ce point trahi par mon amie!.....

» Après tant de sermens!.... Non, non, cela n'est pas ;

» Chrisoès, seul espoir qui me reste ici-bas,

» Pourquoi frapper mon cœur d'une atteinte mortelle?

» Mais, dis, comment sais-tu cette horrible nouvelle?

» — D'un serviteur à qui Zélide avait prescrit

» De venir en ces lieux vous porter un écrit ;

» Je dois vous le remettre. — Eh quoi! Zélide!.. donne...

» Que dois-je soupçonner ?... D'où vient que je frissonne?

» Lisons. »

> « Je vous écris quelle est ma destinée.
> Mon père enchaînera demain
> Ma vie infortunée
> Par les nœuds de l'hymen.
> Faudrait-il, par ma résistance,
> Plonger dans la nuit du tombeau
> L'auteur chéri de ma naissance?
> Non, non, ne formons plus une vaine espérance,
> Et d'un amour coupable éteignons le flambeau.
>
> ZÉLIDE.

Craignant pour son repos une ardeur trop fidèle,

Zélide avait écrit cette lettre cruelle ;

Son honneur l'exigeait de son cœur vertueux :

Mais un rien rend l'amour injuste et soupçonneux :

Un rien le trouble, un rien le fait pâlir, l'égare.

« Ainsi tu te jouais de mon cœur! ah barbare!....

2..

» Méprisons pour jamais ses funestes appas....
» Qu'elle aime Philoclès et vive entre ses bras ;
» Hé bien je l'oublîrai !.... L'oublier ! mais, que dis-je ?
» Me laissé-je égarer à ce flatteur prestige ?
» Qu'elle, que son vieux père expirent sous mes coups !
» Que le couteau fatal y joigne son époux !
» Qu'avant l'heure où la mort fermera sa paupière,
» Les cris sourds et plaintifs d'un amant et d'un père
» Répondent à ses pleurs, à ses gémissemens !
» Que ses derniers regards, en ces affreux momens,
» Soient témoins de ma joie à ce spectacle horrible !
» Qu'elle n'espère pas de me trouver sensible !
» Non, non, barbare, non ; et quand, pleurant leur sort,
» Tes yeux, déjà couverts des ombres de la mort,
» Se tourneront vers eux ; lorsque tes yeux, perfide,
» Verront avec horreur leur corps pâle et livide,
» N'accuse que toi, meurs : quel plaisir, de te voir
» Descendre chez les morts avec le désespoir !
— » Eh quoi ! que dites-vous ?.... Ah ! quittez ce langage,
» Et montrez sur vous-même un plus ferme courage.
— » C'est dans ces mêmes lieux que, trahissant mon cœur,
» Tu jurais que moi seul je ferais ton bonheur !
» C'est dans ces mêmes lieux, je m'en souviens encore,
» Cruelle, que cent fois tu me dis : Je t'adore.
» Que je l'aimais !.... Zélide ! et tu m'as pu trahir !
» Zélide à mon trépas as-tu pu consentir ?
» Bocages sombres, lieux témoins de son parjure ;
» Fontaines, clairs ruisseaux dont j'entends le murmure,

» Arbres sacrés, soyez témoins de mon trépas !
» Zélide me trahit ! Chrisoès, n'est-ce pas
» Le plus noir des forfaits ?.... Zélide !.... je succombe...
» Son crime conduira ton ami dans la tombe.
» — Il se taît.... Je crois voir se calmer ses douleurs....
» La paix est sur son front.... mais il répand des pleurs.
» — Ah ! ce sont les derniers versés pour l'inconstante.
» Bientôt le sang, les cris, et Zélide expirante,
» Et son époux mourant suivront ces pleurs jaloux.
» Courons vers les autels, mourons et vengeons-nous (3. »
    La voix trompe à ces mots sa bouche défaillante ;
Il frémit, il s'arrête. Ainsi la louve absente
Qui, le soir, ne voit plus ses jeunes louveteaux,
Parcourt et les vallons et les sombres coteaux,
Et des noires forêts la solitude immense,
Interrompt de ces lieux le lugubre silence,
Appelle ses petits, les rappelle cent fois :
Les rochers creux, les monts répondent à sa voix,
Enfin elle retourne à sa triste tanière,
Et se taît.... Zamira déteste la lumière.
Conduit par Chrisoès, il se rend dans ces lieux
Où vécurent jadis ses paisibles aïeux.

———

2...

CHANT III.

———

Déesse de la nuit, prolonge ta carrière :
Il va luire bientôt le jour dont la lumière
De la triste Zélide éclairera l'hymen.

L'air était frais ; le ciel était pur et serein ;
Les brises de la nuit murmurantes encore,
Expiraient par degrés, et respectaient l'aurore
Dont l'astre de Vénus annonçait le réveil.
Tout reposait encore et cédait au sommeil ;
Quand, seul, à ses douceurs refusant sa paupière,
Zamira sort, du jour prévient l'avant-courrière.

Ainsi, lorsqu'un lion affamé, furieux,
A parcouru, la nuit, des déserts sablonneux,
S'il n'a point assouvi la faim qui le tourmente,
Aux premières lueurs de l'aube blanchissante,
Il revient dans les bois qu'il remplit de terreur,
Erre, les yeux en feu, frissonne de fureur,
Et croit déjà saisir son innocente proie,
Se gorger de son sang et palpiter de joie.
Ainsi vient Zamira dans les champs de Suzor.

Il s'arrête en ces lieux : là, sur un sable d'or,
La Gartempe roulant un flot pur et limpide,
Promène ses détours à travers l'ombre humide

Des saules demi-verts qui brunissent ses eaux ;
Ses bords sont couronnés de fleurs et de roseaux,
Et le fleuve à regret fuit ces douces campagnes.
    Alors, ô Zamira, les yeux sur les montagnes,
Tu semblais du soleil attendre le retour.
Son retour... A ton cœur eh ! qu'importe le jour ?
    Bientôt il aperçoit sa lumière naissante :
L'orient devient rouge, et l'incendie augmente.
L'astre long-temps s'annonce, il le croit voir ; enfin,
Brillant comme l'éclair, un point part, et soudain
S'élève, s'agrandit, et remplit tout l'espace.
Le voile de la nuit s'enfuit, tombe et s'efface.
Tous les astres ont fui les célestes déserts,
Le soleil paraît seul sur le trône des airs.
La nature s'éveille, et des oiseaux sans nombre
Réunissent leurs voix sous le feuillage sombre ;
Pas un seul ne se tait en ces heureux momens :
Leurs chants, leurs sons plaintifs et leurs gazouillemens
Célèbrent de concert le père de la vie,
Et remplissent les airs d'une douce harmonie.
Les agneaux du village, errant sur les côteaux,
Bêlaient ; le laboureur entendait ses taureaux
Mugir et faire au loin retentir la campagne ;
Et des bergers assis au pied de la montagne,
Les champêtres hautbois, les tendres chalumeaux,
De leurs sons variés éveillaient les échos ;
Tandis que du hameau les naïves bergères
Chantaient ou s'animaient à des danses légères ;

L'azur brillant des cieux , le murmure des eaux,
La fraîche obscurité des humides ormeaux,
La rosée , et les fleurs, et la jeune verdure,
Le bonheur, l'innocence et la simple nature,
Tout renouvelle ici les temps de l'âge d'or.
Mais ces beaux lieux ne font que redoubler encor
Les tourmens douloureux de l'amant de Zélide.
« Le bonheur m'a quitté comme un ami perfide;
» C'en est fait, se dit-il, tout espoir est détruit!
» Fuyons ces lieux charmans; la douleur qui me suit,
» Loin de ces champs heureux se calmera peut-être. »
De loin il aperçoit le mont Pigeau paraître.
Il y court... La nature, avare de ses dons,
Refuse à ces climats et les jaunes moissons,
Et la grappe pourprée, et les fruits de l'automne.
Délicieuses nuits, nuits que l'été nous donne!
O frais et doux printemps, jamais votre douceur
De ces lieux pleins d'effroi n'a pénétré l'horreur.
Là, vous voyez des rocs dont la tête difforme
Semble jusques au ciel porter leur masse énorme,
Sur d'immenses rochers des rochers entassés,
L'un sur l'autre étendus, l'un sur l'autre poussés,
Noirâtres, escarpés, pendant sur un abîme,
S'affaissant sur la terre, arrondissant leur cime.
Là souvent vous voyez des rocs se détacher,
Rouler et s'arrêter à quelque autre rocher.
Au bas de la montagne écument des cascades ,
Murmurent des ruisseaux les craintives Naïades,

Tandis qu'avec fracas cent torrens orageux
Roulent de roc en roc, et de leurs flots neigeux
Font rejaillir au loin l'écume blanchissante.
Les échos, prolongeant leur voix retentissante,
Leur répondent du fond des antres caverneux.
Voyez-vous à l'entour de ces rocs buissonneux
Les débris d'un hameau qu'a dévoré la foudre ?
Ses hôtes avec lui furent réduits en poudre.
Infortunés ! hélas ! dans cet autre univers
Ils cultivaient en paix l'horreur de ces déserts.
Et voilà que déjà la saison printanière
A reverdi vingt fois la plaine hospitalière
Où reposent épars leurs cendres, leurs tombeaux.
Un sommeil éternel leur verse ses pavots (4.
Ils ne reverront plus l'aurore matinale
Précéder du soleil la marche triomphale ;
Ils ne reverront plus, aux portes d'Occident,
Sur un trône de feu fuir cet astre éclatant.
Pour eux le rossignol, à l'heure où la rosée
Descend, verse ses pleurs sur la terre épuisée,
Ne fera plus redire aux échos d'alentour
Ses chants voluptueux et ses hymnes d'amour ;
Et leur terre, ô douleur ! leurs tristes héritages
N'offrent, au lieu d'épis, que des ronces sauvages.
Seul, parmi les débris, un vieux temple resté,
Brave les feux du ciel, les vents, la vétusté.
Des laboureurs, dit-on, sous ses voûtes antiques,
Ont ouï de la mort résonner les cantiques,

Ont vu près du parvis, ceints de longs voiles blancs,
Des vieillards du hameau les fantômes errans.
  Au-dessus du village, une forêt profonde
Se découvre à vos yeux... Là, l'aquilon qui gronde
Agite incessamment, tourmente dans les airs
Ces frênes, ces ormeaux nés avec l'univers,
Fait gémir leurs vieux troncs, arrache leur verdure,
De leurs rameaux en deuil disperse la parure,
Mugit, courbe sous lui leurs panaches mouvans,
Et vole environné du cortège des vents.
Entendez-vous ces pins cachés au sein des nues,
Lever, baisser, briser leurs têtes chevelues?
D'un bruit moins effrayant les fiers tyrans du Nord
Appellent sur les mers la tempête et la mort.
Là, de longs hurlemens retentissent dans l'ombre;
Là souvent, à l'abri de leur retraite sombre,
De barbares mortels échappent au danger,
Et vivent du trépas du timide étranger.
A l'aspect de ces bois frémit l'âme tremblante.
  Zamira dans ces lieux erre sans épouvante.
« Lieux sauvages, dit-il, que j'aime votre horreur!
» Que tout ce que je vois s'accorde avec mon cœur!...
» O douleurs, ô tourmens dont l'amour est la source!
» Mais voici le soleil au milieu de sa course.
» Voici l'heure où bientôt ces amans vont s'unir;
» Voici l'heure où bientôt ce fer doit les punir. »
Il s'éloigne à ces mots, garde un morne silence,
Et roule en son esprit ses projets de vengeance.

CHANT IV.

—

CEPENDANT le trépas apprête ses pavots.
Déjà l'heure est venue; et déjà Numanos
Conduit au temple saint Philoclès et Zélide.
C'est là que du Très-Haut la majesté réside;
C'est là que Dieu repose et voile son aspect :
Tout inspire en ces lieux la crainte et le respect.
De son père irrité pour fléchir la justice,
Jésus renouvelait son ancien sacrifice ;
Abandonnant des cieux le séjour azuré,
Il descendait déjà dans le temple sacré.
Trois enfans aussi beaux, aussi frais que l'aurore,
Où que la fleur des champs qui commence d'éclore,
Timides, élevant leurs petits bras au ciel,
En chœur par leurs doux chants célébraient l'Éternel.
« Gloire à Dieu dont le trône est porté par les anges,
» Qui renverse à ses pieds l'impie audacieux,
» Qui des faibles humains daigne ouïr les louanges,
        » Et descend en ces lieux.
» Mortels, vous passez tous comme l'herbe expirante
» Qui brillait le matin et meurt avant le soir :
» Pourquoi donc le Seigneur n'est-il pas votre attente
        » Et votre unique espoir?

» L'ignorez-vous, hélas! tout périt, tout succombe,
» Le berger et le prince, et le faible et le fort.
» Bientôt l'if croisera ses bras sur votre tombe;
» Bientôt vous dormirez à l'ombre de la mort.
  » Mais répondez, enfans de la poussière,
  » Qu'espérez-vous après votre carrière?
» Quel sera votre sort au jour si redouté
  » Où le Seigneur, déployant sa colère,
» Citera devant lui les peuples de la terre
  » Et s'armera contre l'iniquité?
» Je crois la voir déjà cette terrible fête
  » Où de mon Dieu la vengeance s'apprête.
» Je crois voir l'Éternel, dans sa juste fureur,
» S'asseyant sur les vents, volant sur la tempête,
  » Et conduisant devant lui la terreur.
» L'astre des jours s'éteint; les étoiles pâlissent;
» Dieu s'avance, entouré de foudres et d'éclairs;
» Il dit : Cieux, périssez. Les cieux s'anéantissent;
      » Il juge l'univers.
» Dieu juste! puissions-nous être alors mis au nombre
» Des élus appelés par ta divine voix;
» Tandis que les méchans, plongés dans la nuit sombre,
  » Blasphêmeront contre tes saintes lois. »
De ces tendres enfans tels étaient les concerts;
L'orgue retentissait et répétait leurs airs:
Quand, pareil à l'aiglon dont l'approche sanglante
Aux chantres du bocage apporte l'épouvante,
Arrive Zamira, la fureur dans les yeux :

Il reste quelque temps muet, silencieux.
Tel le sombre ouragan, alors que les nuages
Dans leurs flancs embrasés assemblent les orages,
D'abord laisse un instant régner la paix dans l'air;
Mais bientôt il s'élance, il part avec l'éclair,
Précipite, en grondant, sa course impétueuse,
Bouleverse des mers l'onde tumultueuse,
Et présente la mort au timide nocher,
Qui, pâle, épouvanté, jeté sur un rocher,
Meurt loin des lieux chéris témoins de son enfance.
Tel Zamira d'abord dévorait son offense;
Mais bientôt il s'échappe, il court, et dans le sein
D'un odieux rival plonge un fer assassin,
Le retire sanglant pour immoler Zélide.
Arrêtez, arrêtez sa fureur homicide!....
Volez!.... Zélide va subir le même sort!....
On accourt, le cruel veut se donner la mort;
On s'oppose à sa rage, on l'entraîne du temple;
De ses yeux expirans Philoclès le contemple;
Il soupire, il s'écrie: « A peine à mon matin,
» Si près de mon bonheur je touche à mon déclin....
» Zamira, par toi seul le trépas me moissonne:
» Mais viens; quoi qu'il en soit, Philoclès te pardonne....
» Mortels compatissans qui répandez des pleurs,
» Retenez-les; mes yeux s'obscurcissent... je meurs;
» Je meurs, vivez heureux: et toi, ma douce amie,
» Toi qui devais unir ton sort avec ma vie,
» Que j'emporte en mourant le nom de ton époux!

» Vénérable pasteur, venez, unissez-nous. »
Pleurant de Philoclès la triste destinée,
Le pasteur, tout ému, bénit leur hyménée.
Alors, rouvrant les yeux : « Viens, Zélide, reçoi
» Et mon dernier soupir, et mon cœur, et ma foi. »
Il dit, songe à son père, à sa douce patrie,
Et meurt : tel un beau lys sur sa tige flétrie (5
Languit, expire.... Hélas ! ses yeux ne verront plus
Ni le toit paternel, ni les arbres touffus
Dont sa main ombragea le tombeau de sa mère.
Ah ! père malheureux ! une main étrangère
A l'heure de la mort te fermera les yeux :
Philoclès est privé de la clarté des cieux.

CHANT V.

On conduit Zamira dans ces terribles lieux,
Dans ces lieux destinés au parricide affreux :
A peine y voit-on luire un pâle crépuscule ;
Il arrive, il s'écrie, et d'horreur il recule ;
Il tombe, un voile épais environne ses yeux.
On l'abandonne en proie à son sort malheureux.
  Il revient à lui-même. « Époux de mon amante,
» Toi qu'il me semble voir, ombre pâle et sanglante,
» Si mes cris expirans pénètrent chez les morts,
» Appaise ton courroux en voyant mes remords !
» J'étais né pour le crime. O funeste naissance !
» O de mon ascendant trop fatale puissance !
» Mânes de Philoclès, ah ! pourrez-vous jamais
» Du cruel Zamira pardonner les forfaits !... »
A ces mots il se tait... une voix effrayante
Résonne, lui répond, le glace d'épouvante.
Tels on entend les cris des funèbres hiboux,
Des nocturnes oiseaux, des lions et des loups,
Faire au loin retentir une forêt profonde ;
Ou telle Echo répond à la foudre qui gronde.
Après quelques instans : « Là se ferment mes yeux :
» Adieu, terre lointaine où sont morts mes aïeux ;

» Adieu, hameau chéri qu'habite mon vieux père !
» Adieu, champs que j'aimais ! adieu, douce lumière !
» Dans ces noirs souterrains où règne la terreur,
» Qu'habitent les remords, les crimes et l'horreur,
» Chargé de fers pesans, entouré de ténèbres,
» La mort va me couvrir de ses ailes funèbres.
» Sans amis, sans secours, je meurs abandonné.
» Je meurs, puisse mon père être plus fortuné !
» Qu'au déclin de sa vie, avant sa dernière heure,
» Un ami bienfaisant le console et le pleure !
» Qu'il termine ses jours au lieu de son berceau ! .
» Et moi..... séjour affreux, tu seras mon tombeau !...
Il dit, songe à ces temps où, des bras de son père,
Il volait en riant dans les bras de sa mère ;
A cet âge où ses jours coulaient dans le bonheur :
Alors il ne peut plus soutenir son malheur ;
Et plein de ses regrets, ferme les yeux, expire !
Tant la douleur sur nous sait exercer d'empire.
O Zamira, tu meurs ! En vain, hélas ! en vain
Quelques sages ont dit que le plus noir chagrin
Dans le deuil, dans les pleurs prolongeait sa carrière.
S'il est quelques mortels qu'une triste lumière
Éclaire encor long-temps après que la douleur
De ses poisons cruels a desséché leur cœur,
Combien de fois aussi l'infortune ennemie
Dévore en un moment le festin de la vie.
    Cependant Chrisoës, de douleur éperdu,
Vient revoir un ami que l'amour a perdu :

Il vient de Zamira consoler la misère.
« O Dieu ! sur moi, dit-il, épuise ta colère !...
» Mais si le désespoir avait fini son sort !...
» S'il avait bu déjà la coupe de la mort !.. »
Il dit, fait sur ses gonds tourner la porte horrible,
Et plonge jusqu'au fond de ce cachot terrible.
Celui qu'il y cherchait, ô spectacle d'horreur !
N'était plus... Chrisoès le presse sur son cœur
Et s'écrie : « O combien va gémir ton vieux père !
» Pour moi, cher Zamira, j'abhorre la lumière :
» Attends-moi, de mes jours va mourir le flambeau ;
» Chrisoès va te joindre en la nuit du tombeau. »
Faible, presque mourant, pâle, marchant dans l'ombre,
Il sort, après ces mots, de cet asile sombre ;
Un geôlier à ses cris se hâte d'accourir ;
On porte Zamira chez son père Nelzir.
    En ces tristes momens, loin du bruit retirée,
Seule, dans une chambre au repos consacrée,
Zélide tu pleurais le sort de ton époux.
De loin ses yeux ont vu Zamira.... Ses genoux
Se dérobent sous elle... Elle pâlit, succombe.
Près du ramier mourant telle on voit la colombe.
Sa faible voix enfin laisse échapper ces mots
Qu'interrompent ses pleurs, ses soupirs, ses sanglots :
« Zamira, Zamira ! mon ombre va te suivre ;
» Mânes sacrés, bientôt j'aurai cessé de vivre !
» O banquet de la vie ! ô banquet de douleurs !
» Où le sort me choisit les plus affreux malheurs,

3...

» Je te quitte! Le ciel me ravit la lumière!

» Et que n'ai-je au tombeau descendu la première! »

La douleur, à ces mots, l'horreur du désespoir

Egarent son esprit, ne lui laissent plus voir

Que des morts, des tombeaux, un enclos funéraire.

« Dieu! que vois-je, dit-elle, en ce lieu solitaire?

» Ma mère, interrompant le calme de la mort,

» Se lève de sa tombe avec un long effort!

» Ciel! son ombre paraît les yeux noyés de larmes!

» O momens à-la-fois pleins d'horreur et de charmes!

» Après un si long temps enfin je te revoi!

» Ne me trompé-je point? ma mère, est-ce bien toi?

» Tu ne me réponds rien!... Où vas-tu?... Dans le temple?.

» Je frémis en entrant.... Vois, ma mère, contemple

» L'autel sanglant encore où périt mon époux!...

» Fuyons, fuyons ces lieux.... la nuit règne sur nous...

» Fuyons ces lieux.... Mais quoi! tu rentres sous la terre...

» J'entends du bruit... on vient... Dieu! la frayeur m'atterre!..

» Est-ce vous, Philoclès?... Quel farouche regard!

» Il me montre de loin la trace du poignard

» Dont mon amant.... O terre, ouvre-moi tes abîmes!

» O terre, ensevelis et Zélide et ses crimes. »

Elle dit et se tait; puis, reprenant plus bas:

« Viens, Zamira, j'expire et mourrai dans tes bras:

» Viens, tu recueilleras sur ma bouche brûlante

» Et le dernier soupir de ta fidèle amante,

» Et son cœur, et son âme, et ses derniers discours!

» La mort, en même temps, moissonnera nos jours.

» Mais tu n'es plus ; déjà l'affreuse destinée
» A coupé de tes jours la trame infortunée.
» Adieu donc, Zamira ! Zélide meurt pour toi,
» Toi pour qui j'ai trahi mon époux et ma foi. »
Quelques pleurs à ces mots mouillent son œil aride ,
Et sa main dans son cœur plonge un fer homicide.
Son sang coule , déjà d'un voile ténébreux
L'inflexible trépas a couvert ses beaux yeux :
Tranchée à sa racine , ainsi meurt une rose (6
Que le zéphir caresse et que la pluie arrose.
    Mais l'aube rend déjà le jour à l'univers ,
La cloche du hameau résonne dans les airs ,
On porte Zamira vers la sauvage terre
Où des faibles humains repose la poussière.
Près de lui ses amis , tristes , les yeux en pleurs ,
Marchent d'un pas tremblant et lui jettent des fleurs.
Plus loin , le vieux Nelzir , pâle , morne , farouche ,
Ne laissant échapper aucun mot de sa bouche ,
Attendrit tous les cœurs , attire tous les yeux.
A peine le cercueil arrive dans ces lieux ,
Nelzir court à son fils.... Ainsi la tourterelle
Qui retrouve égorgés par une main cruelle
Ses doux petits , gémit , palpite au milieu d'eux ,
Et meurt.... — « Réponds, mon fils, à mes cris douloureux!
» Ah! réponds-moi, réponds à ton malheureux père!
» O mon fils , montre-toi sensible à ma misère!
» Mais que dis-je? mes cris , mes pleurs sont superflus!
» Espoir de ma vieillesse! ô mon fis!... il n'est plus!...

» Pourquoi me cachait-on, avant ta mort cruelle,
» D'un triste événement l'affligeante nouvelle ?
» Hier, hier encor, si j'eusse pu te voir,
» Te presser dans mes bras, mourir de désespoir !....
» Tu prononçais sans doute, à ton heure dernière,
» Tu prononçais le nom de ton barbare père :
» Ta voix faible et mourante a demandé Nelzir....
» Moi, je t'abandonnais.... Que n'ai-je pu mourir
» Avant le jour funeste où tu connus Zélide !
» Que je baise cent fois cette bouche livide,
» Ces yeux clos, ce doux sein, ce corps inanimé,
» Et meure près d'un fils si tendrement aimé ! »
Il dit, près de son fils tombe presque sans vie ;
A ses yeux expirans la lumière est ravie ;
Loin de ce lieu fatal Nelzir est entraîné.
Un roc couvre déjà le jeune infortuné.
Le pasteur s'attendrit, le peuple est tout en larmes,
Et pleure Zamira, ses malheurs et ses charmes.

 « Que de vertus !... Son âme eût été leur séjour,
» Si son cœur, moins sensible, eût méconnu l'amour.
» O Zamira ! ta vie a fui comme l'aurore
» Qui naît parmi les fleurs que ses mains font éclore,
» Ramène la rosée, humecte le gazon,
» Et meurt dès que son père embrase l'horizon.
» Hélas ! nos yeux bientôt reverront sa lumière ;
» Mais la mort pour toujours a fermé ta paupière. »

ÉLÉGIES.

DAPHNIS EXILÉ.

ÉLÉGIE PREMIÈRE.

O DOUX ami, que ne puis-je voler
Dans ces climats si loin de la Chapelle *
Où le destin a voulu t'exiler !
Que le bonheur est prompt à s'écouler !
Mes yeux ont vu la joyeuse hirondelle
A nos climats annoncer les beaux jours,
Et dans les bois la tendre Philomèle
Recommencer ses chansons, ses amours,
J'ai vu déjà la nébuleuse automne,
De nos forêts dépouillant les rameaux ,
Et de ses mains effeuillant sa couronne :
Déjà la neige a blanchi nos hameaux ;
Déjà la glace enchaîne nos ruisseaux :
Mais tout, sans toi, m'a paru monotone.
Chantant Cérès, ou Vénus, ou Pomone,

* Bourg très joli.

Quand le berger ramène ses troupeaux,
Qu'au doux plaisir le hameau s'abandonne,
Souvent je vais, au déclin d'un beau jour,
Sur le chemin attendre ton retour.
Rien ne paraît.... ; seulement sur son trône,
Parmi les feux qui brillent à sa cour,
    Je vois la fille de Latone
Du temple saint blanchir la haute tour.

O cher infortuné, combien de temps encore
Dois-tu pleurer ton père et ton premier séjour !
  Combien de fois dois-tu compter l'aurore
  Loin de ces lieux si chers à ton amour !
  Ah ! quand pourrai-je, oubliant mes alarmes,
  Victorieux des traits de la douleur,
    Te voir, te presser sur mon cœur,
Ouïr ta douce voix, l'arroser de mes larmes,
  Et près de toi retrouver le bonheur !
  Puissent les dieux, au gré de mon envie,
S'appaiser, adoucir les rigueurs de ton sort,
  Et t'accorder de revoir ta patrie !
Reviens ! ah ! n'attends pas que, consumant ta vie,
  Le désespoir, sur ce funeste bord,
Apporte dans ton sein le germe de la mort !
Si, dans ces lieux d'exil, tu fermais la paupière,
Si la pâle Atropos tranchait tes jeunes ans,
  O mon ami, ta déplorable mère
  Ne pourrait pas, dans sa douleur amère,

Se pencher sur ta tombe, et de ses cris mourans...
Mais loin de moi ces noirs pressentimens !

Toi dont bientôt renaîtra la parure,
Déesse du printemps, espoir des malheureux
Dès que Zéphir chassera la froidure,
Et que les prés reprendront leur verdure,
Exauce-moi : rends Daphnis à mes vœux !

DAPHNIS EXILÉ,

ou

LE RETOUR PROCHAIN DU PRINTEMPS.

ÉLÉGIE II.

Avant que de Phœbé la nocturne lumière
Ait reparu dix fois dans l'Occident vermeil,
L'alcyon du printemps saluera le réveil ;
Éole s'enfuira ; nous reverrons la terre
   Ouvrir son sein aux rayons du soleil,
    Et se parer de l'herbe printanière.
Bientôt la jeune Io, cherchant l'ombre et les eaux,
De ses mugissemens va frapper les échos ;
Bientôt plus mollement le long de la colline
    Murmurera l'onde argentine.
Et vous, heureux oiseaux que l'hiver éloignait,
Bientôt vous reverrez la terre fortunée
   Où s'écoula votre première année,
   Et la prairie où l'aquilon régnait,
Et l'arbre paternel, et le nid d'hyménée.
Seul, Daphnis exilé des champs de ses aïeux,
   Lorsque tout va sourire en la nature,
Obscurcira son front du chagrin ténébreux.
Pour lui plus de beaux jours : l'autan et la froidure
De cette tendre fleur ont fané la parure.

RETOUR DE DAPHNIS.

ÉLÉGIE III.

Ah ! tant que durera le cours de ma carrière,
　　Non, non, jamais je n'oublîrai
　D'avoir joui d'une vue aussi chère ;
　　Et tous les ans, au mois de mai,
　Lorsque des cieux l'inégale courrière
Pour la neuvième fois nous rendra sa lumière,
A tel jour qu'aujourd'hui, j'en jure, deux chevreaux,
　Deux des plus beaux que garde ma bergère,
A Flore, de nos chants déité bocagère,
Seront sacrifiés au pied des grands ormeaux.
Ah ! puisses-tu long-temps, déesse tutélaire,
D'Erinnis loin de nous détournant la colère,
Faire jouir Daphnis du bonheur qui nous luit !

Comme dès qu'il parut notre douleur s'enfuit !
　　Ainsi la neige virginale
　　Dont les flots couvraient à-la-fois
　　Les champs, les hameaux et les bois,
　　Tombée à l'aube matinale,
　Disparaît à nos yeux dès que l'astre du jour
　Chasse l'ombre, et du ciel décore le séjour.

DAPHNIS,

QUELQUES JOURS AVANT DE MOURIR,

A UN ARBRE.

ÉLÉGIE IV.

Arbre chéri, l'honneur de nos bocages,
L'abri, l'espoir et l'amour des hameaux,
Toi qu'ont toujours épargné les orages,
Je viens encor m'asseoir sous tes rameaux.

J'ai vu déjà la première fauvette
Voler, chanter le retour du printemps ;
J'ai vu l'hiver fuir devant l'alouette,
J'ai vu passer la saison des autans.

Écho, rendue à nos musettes,
Oublie enfin le bruit des aquilons ;
Et les boutons des jeunes violettes
Osent se confier au vert de nos gazons.

Jours heureux du printemps, vous renaîtrez encore....
Mais vous naîtrez sans moi.... Vainement d'Épidore
L'art bienfaisant m'offre tous ses secours ;
Le doux soleil de la saison nouvelle

Ne verra plus revenir mes beaux jours,
Et je n'entendrai plus la tendre Philomèle
Dans ces beaux lieux soupirer ses amours.

Oui, c'en est fait, j'aurai perdu la vie
Avant d'avoir vu les jeunes agneaux
Dix fois encor quitter la bergerie,
Et regravir le penchant des coteaux.

Mais lorsqu'enfin de mon jeune âge
Mes amis auront vu s'éteindre le flambeau,
Arbre chéri, puisse alors ton ombrage
Se balancer, trembler sur mon tombeau.

Et que de mon pays les charmantes bergères,
A leurs doux jeux mêlant quelques douleurs,
Viennent, aux fêtes bocagères,
Sur ce tombeau répandre quelques fleurs !...

MORT DE DAPHNIS.

ÉLÉGIE V.

Il n'est plus !... du trépas la rage est assouvie ;
Il sommeille en repos dans les bras de la Mort.
A peine il entrevoit l'aurore de la vie
    Qu'il termine son sort.

Bosquets, rochers, vallons dont il aimait les charmes ;
Arbres, de nos vergers la parure et l'honneur,
Vous ne le verrez plus, ou répandre des larmes,
    Ou sourire au bonheur.

Ses beaux jours ont passé comme l'onde expirante
D'un ruisseau qui tarit bien loin du sein des mers
Comme l'herbe et les fleurs de la terre mourante
    Au retour des hivers.

Voyez dans ce lointain cette terre isolée
Où la mort dévorante assemble son troupeau,
Où du jeune Daphnis la mère désolée
    Gémit sur un tombeau.

Mortel infortuné, là repose ta cendre !
Là repose mon cœur, là t'attendent mes vœux :

Dors, cher ami, bientôt tu me verras descendre
    Dans ces funèbres lieux.

Je me rappelle encor ce jour, ce jour terrible
Où je le vis mourant sur un lit de douleur,
Où je vis sur son front le trépas inflexible
    Imprimer sa pâleur.

Ses jours se consumaient, ainsi que la lumière
Qui répandant sur lui le reste de ses feux,
Le voyait achever d'une triste carrière
    Le rêve douloureux.

L'heure est venue : il voit le trépas qui s'avance,
Jette un dernier regard, fait un dernier effort,
Pousse un soupir suivi d'un éternel silence ;
    Il se meurt, il est mort !

O néant de la vie ! ô funeste voyage !
Eh ! pourquoi s'attacher à tes appas trompeurs ?
Aux humains aveuglés tu n'offres en partage
    Que de fausses grandeurs.

Qu'est-ce donc que la vie ? Une feuille de chêne
Que balance dans l'air et qu'abat un zéphir ;
C'est un vase d'argile, une fatale chaîne
    Qu'on aime à soutenir.

———————

~~~~~~

MORT D'UNE JEUNE BERGÈRE.

ÉLÉGIE VI.

DÉJA l'airain religieux
Du soir annonçait la prière ;
La lune blanchissait les cieux
Des traits de son humble lumière,

Alors qu'une jeune bergère,
Belle comme l'aurore, au matin d'un beau jour,
Mais que bientôt devait perdre sa mère,
D'un pas tremblant sortit de son séjour.

Elle marche en pleurant, se rend aux lieux funèbres
Où du hameau dorment les bons aïeux,
Où les ifs plus épais, redoublant leurs ténèbres,
D'une ombre plus lugubre épouvantent les yeux.

« O vous qui renfermez les cendres de mes pères ;
» Tombeaux où si souvent j'ai répandu des fleurs,
» Avant que d'habiter vos ombres solitaires
» Je viens sur vos gazons verser mes derniers pleurs.

» Dès demain, pour jamais, vous serez ma patrie....
» Bien jeune encor je vais quitter la vie (7
~~~~~~

» Adieu, mon doux pays ! adieu, modestes toits !

    » Témoins sacrés de ma naissance,

    » Témoins des jeux de mon enfance,

    » Adieu pour la dernière fois !

    » Mère chérie, et toi, malheureux père,

    » Quels seront vos gémissemens,

» Lorsque demain la cloche funéraire

» Vous dira de mon cœur les derniers battemens !

    » Moi qui croyais, infortunée,

    Un jour, près de vos cheveux blancs,

    » Dans la chaumière où je suis née,

» D'un bonheur sans nuage entourer vos vieux ans !

    » Et voilà que déjà, pâle, décolorée,

    » Pareille au lys à qui les vents du Nord,

» Aux premiers jours de mai, dans leur course abhorrée,

    Ont apporté la froidure et la mort.

    Je me dessèche, je succombe :

    » Tout m'échappe, hélas ! et je meurs !...

» Demain je dormirai dans la nuit de la tombe ;

    » Je ne vivrai demain que dans vos cœurs. »

    Le lendemain, à la même heure,

Je vis les deux vieillards, se tenant par la main,

Se pencher sur sa tombe, et l'appeler en vain

    Du fond de sa sombre demeure.

« Toi seule nous restais : et tu viens de mourir,

» Ainsi que l'aurore naissante
» Qu'un orage soudain a fait évanouir :
» As-tu cru que, sans toi, nous pourrions soutenir
   » Une vieillesse affreuse et languissante ?
» Ah ! quand viendra l'instant qui doit nous réunir ! »

Ils se taisent.... la mort déjà semble obéir :
La mort semble répondre à la voix qui l'implore,
Et l'écho des tombeaux redit long-temps encore :
« Ah ! quand viendra l'instant qui doit nous réunir ! »

IDYLLES.

LE BON FILS.

IDYLLE PREMIÈRE.

L'ombre déjà brunissait les vallons,
La lune éclairait le rivage ,
Solitaire, caché dans un taillis sauvage ,
Le rossignol redisait ses chansons;
Zéphire agitait le feuillage,
Courait, mourait dans les buissons,
Et de sa douce haleine effleurait les moissons.

Le flambeau de Phœbé, l'or pâle des étoiles,
D'une nuit sans nuage environnant les voiles,
Et des hauteurs du ciel versant un faible jour
Sur les plaines, les monts et les bois d'alentour;
Le doux concert du soir, le parfum des prairies,
Les ondes expirant sur des rives fleuries,
Le calme de la nuit, le sombre azur des cieux,
Tout, jusqu'à la fraîcheur dans les airs répandue,
Tout inspirait à l'âme émue
Un sentiment délicieux.

Sous un berceau paré des mains de la nature ;
Le vieux Chrisès, en ce moment,
Dormait au bruit d'une onde pure
Dont les flots de cristal, entraînés doucement,
Fuyaient, d'écume argentaient leur bordure.

Dans ces beaux lieux, dans ces lieux inconnus
Au midi dévorant, à la pâle froidure,
Le lilas, le rosier, le myrte de Vénus,
Aimant à réunir leurs dômes de verdure,
Ombrageaient le vieillard de leurs rameaux touffus,
Et, fiers de leur riche parure,
Dans le miroir des eaux penchaient leur chevelure.

Quand l'aimable et jeune Oémi
Porte ses pas dans ce bocage,
Et voit son vieux père endormi :
« Quelle sérénité règne sur son visage !
» Qu'il est doux, le sommeil du sage !
» O Chrysès, ô mon père, ô mon meilleur ami !
» Seul, à genoux sur ce rivage,
» Sans doute, avant que de fermer les yeux,
» Tes prières, dit-il, ont conjuré les dieux
» De veiller sur ton fils, de protéger son âge.
» Puissent ces mêmes dieux favoriser ton sort !
» Mais bientôt ta vieillesse... O funeste présage !...
» Bientôt tu dormiras du sommeil de la mort.

» O mort que vainement chacun de nous abhorre ;

» Entends ma voix de ton empire affreux !

» Tranche mes jours dès leur première aurore ;

» Frappe, fais-moi subir les arrêts rigoureux ;

» Frappe, mais renoue à sa vie

» Les jours que doit encor me filer Lachésis ;

» Contente une si noble envie,

» Et tous mes vœux sont accomplis.

» Quoi ! sur la tombe de mon père

» J'irais m'asseoir et pleurer ma misère !

» J'irais dévorer mes douleurs !....

» O mort, sois sensible à mes pleurs !

» Viens, clos mes yeux à la lumière ;

» Exauce-moi ; pour le sauver je meurs ! »

Mais Palès lui répond : « Tu m'arraches des larmes

» Par tes discours et tes pleurs douloureux :

» O cher enfant, mets fin à tes alarmes ;

» Ton vieux père, avec toi, vivra long-temps heureux ! »

LE DUC DE BORDEAUX.

IDYLLE II.

Le vent du soir commençait à frémir ;
La nuit déjà pénétrant le feuillage ,
Voyait l'oiseau sous le mobile ombrage
Fermer les yeux et s'endormir.

Alors je dirigeais mes pas vers la vallée
Où , le soir , quelquefois , rappelant Azéma ,
Je traçais de son temps l'histoire reculée ,
Et disais les malheurs du vieillard qui l'aima.

J'avance ; les brises légères
D'un grand nombre de voix me répètent les sons.
J'approche de plus près , et je vois des bergères
Effleurer , en dansant , les humides gazons.
Leurs fronts étaient parés de guirlandes de roses
Qu'entrelaçaient des fleurs fraîches écloses.
De leurs douces chansons combien je fus frappé !
J'en redirai les mots , l'air m'en est échappé. (8

« Foulez les naissantes fougères:
» Chaque mois , dans ce lieu chéri ,
» Rassemblez-vous , jeunes bergères ;

» En l'honneur du jeune Henri.

   » Aimable enfant, pour tout hommage,
» Si le ciel n'est point orageux,
» Les jeunes filles du village
» Tous les mois t'offriront ces jeux.
» Fleur si tendre et si jeune encore,
» Puisses-tu, selon le désir
» D'un Roi, d'un peuple qui t'adore,
» Chaque jour croître et t'embellir !

   » Choisissant Louis pour exemple,
» Un jour, la douceur, tes bienfaits
» Sauront te consacrer un temple
» Dans le cœur de chaque Français.
» Au bruit de ta marche guerrière,
» Tes ennemis fuiront soudain,
» Ainsi que la brume légère
» Aux premiers rayons du matin.

   » Tu visiteras la chaumière
» Du pauvre habitant des hameaux ;
» Tu seras son ami, son père,
» Tu mettras fin à tous ses maux.
» Henri daignait ainsi se rendre
» Jadis sous nos rustiques toits ;
» Et c'est là qu'il venait apprendre
» La vérité qu'on cache aux rois.

   » Cependant souris à ta mère :

» Pressée en tes bras caressans ,
» Que sa douleur soit moins amère ,
» Et ses regrets moins déchirans !
» Tendre épouse , mère sensible ,
» Vois ton fils sourire à tes pleurs :
» Ah ! près de son berceau paisible
» Oublie un moment tes malheurs.

   » Foulez les naissantes fougères :
» Chaque mois , dans ce lieu chéri ,
» Rassemblez-vous , jeunes bergères ,
» En l'honneur du jeune Henri. »
Tels furent leurs concerts. « Heureux , trois fois heureux ,
» Me dis-je , en regagnant le chemin du village ,
» Le peuple qui , vivant sous un Roi bon et sage ,
» Coule ses jours en paix , et voit combler ses vœux
» Par les biens qu'en riant l'avenir lui présage ! »

LA ROSE ET L'AMOUR.

IDYLLE III.

Au matin d'un jour sans nuage,
A l'heure où l'ombre de la nuit
Des toits de chaume du village
Tombe, disparaît et s'enfuit.

Une rose, tremblante encore
Au souffle des vents amoureux,
Recevait l'hommage et les vœux
Des fleurs qui s'empressaient d'éclore.

« Régnez, jeune reine des fleurs,
» Régnez sur nous, lui disaient-elles;
» Que les trois pâles immortelles
» Ne puissent ternir vos couleurs !

» Que votre tige virginale
» Brave l'orageux aquilon,
» Lorsque son haleine fatale
» Se joûra des fleurs du vallon.

5..

» Dans ces lieux où la pastourelle
» Vient respirer l'ombre et le frais,
» Et si chéris de Philomèle,
» Puissiez-vous n'entendre jamais
» Que le murmure de Zéphire
» Et les doux concerts des oiseaux,
» Et l'onde errante qui soupire
» Parmi les fleurs et les roseaux !

» Régnez sur nous, lui disaient-elles,
» Régnez, jeune reine des fleurs ;
» Que les trois pâles immortelles
» Ne puissent ternir vos couleurs ! »

Tandis que triomphait la Rose,
O combien l'Amour soupirait !
Car n'oublions, qu'à peine éclose,
L'Amour lui-même l'adorait.

Penché sur les eaux cristallines,
Oh ! s'il eût joui d'un baiser !
Mais la Rose avait tant d'épines,
Était si périlleux d'oser....

Cependant la Rose, orgueilleuse
De le voir soumis à sa loi,
Abaissait sa tête épineuse,
Et tout bas disait à part-soi :

« C'est mon amant le plus aimable ;
» Mais que craindre?.... il n'est qu'un enfant....
» Un peu quand serais exorable,
» Il ne sera point triomphant.

» Ne suis tout-à-fait inflexible,
» Je vais donner au dieu charmant
» Un simple baiser seulement,
» Et puis, plus ne serai sensible. »

Elle dit, accorde un baiser
Au fils séducteur de Cyprine,
De plus en plus vers lui s'incline,
Et puis ne sait rien refuser.

Me semble voir jeune bergère
A celui qui touche son cœur,
D'abord céder faveur légère,
Et bientôt le rendre vainqueur,

———

PROMENADE SUR LE BATEAU,

IMITATION DE PÉTRARQUE.

IDYLLE IV.

LA plus charmante des nacelles
Promenait sur le sein des flots
Le choix des nymphes les plus belles ;
Une surtout brillait au milieu d'elles
Comme la reine de Paphos
Parmi les jeunes immortelles.

Non, le vaisseau paré des roses de Cypris
Qui portait sur les mers Tyndaride et Pâris,
Non, de César les poupes triomphantes
Ne valaient pas l'humble bateau
Qui, rapide, léger, fier de ses habitantes,
A la clarté du nocturne flambeau,
S'en allait, sillonnant les ondes frémissantes.

Chacun trouvait ce spectacle enchanteur ;
Pour moi je le trouvais plus enchanteur encore :
J'y voyais ma charmante Laure
Dont le seul souvenir fait tressaillir mon cœur.
Fille aimable, qu'alors tu me paraissais belle !
Que tu chantais avec douceur !
Dieux ! et quel était mon bonheur
De voguer près de toi dans la même nacelle !

INVOCATION A PHOEBÉ.

IDYLLE V.

Depuis long-temps a fui le dieu du jour :
Astre des nuits, prête-moi ta lumière ;
Parais, blanchis le toit de la chaumière
Où mon amante a fixé son séjour.

Je ne vais pas, sur la noire bruyère,
D'un œil farouche épier l'étranger,
Pour un or vil l'arrêter et plonger
Un fer cruel dans le sein de mon frère ;
De tels pensers font frémir un berger.

Je ne vais pas, au détour du verger,
Ou dans les bois, ou sous l'humble fougère,
Troubler la paix du chantre bocager.

Non, non, je vais, à l'ombre du mystère,
Et dirigé sur les pas de l'amour,
Je vais revoir ma charmante bergère.

Depuis long-temps a fui le dieu du jour ;
Astre des nuits, prête-moi ta lumière ;
Parais, blanchis le toit de la chaumière
Où mon amante a fixé son séjour.

ODE

A UN ARBRE.

Cette ode allégorique fut présentée à mon Père
le jour de sa fête.

ARBRE chéri, dont l'ombrage
Si souvent loin de mes jours
Détourna le noir orage
Qui vint menacer leur cours :
De l'homicide Borée
Puisse l'haleine abhorrée
Épargner tes verts rameaux !
Puisse le corbeau sauvage *
Ailleurs que sous ton feuillage
Suspendre ses doux berceaux !

Que le dieu de la froidure,
Des hivers et des frimas,
Aux lieux où rit ta parure
Ne porte jamais ses pas !

* Oiseau de mauvais augure.

Que pour toi la canicule
Fuie, et d'un frais crépuscule
Laisse régner les douceurs!
Que sous ton ombre incertaine
Une limpide fontaine
Baise un rivage de fleurs!

Que l'étoile matineuse
De la mère des Amours,
Pour toi, toujours lumineuse,
N'annonce que de beaux jours :
Tandis qu'à ces douces heures
Où l'aube ouvre ses demeures,
L'oiseau, hâtant son réveil,
Sous la voûte fortunée,
Dira l'hymne d'hyménée
Et saluera le soleil!

Que si la hache cruelle
Frappe cet arbre chéri,
Volez, tendre Philomèle,
Demandez grâce pour lui!
Qu'il l'obtienne!.... Et si la vie
Lui doit être enfin ravie,
Bois de ces heureux cantons,
Que vos tiges inclinées
Déplorent ses destinées
Et jaunissent leurs festons.

HYMNE

SUR LA DESTRUCTION DES BOIS DE C...

Forêts, séjour riant des oiseaux bocagers,
Vous ne reverrez plus le daim, le faon légers,
Chercher vos frais abris, votre ombre solitaire.
Au retour du matin, l'astre qui nous éclaire
Cherchera vainement vos sommets nuageux
Où régnaient le printemps et les vents orageux.
Son chien à ses côtés, dans ses mains sa houlette,
Sous vos berceaux détruits ne viendra plus Annette.
Tout deviendra muet.... Écho sera sans voix !

Forêts, vous n'êtes plus !... Et les nymphes des bois,
Du bûcheron barbare accusant l'insolence,
Ont fui vos champs déserts, votre vaste silence.
Que sont-ils devenus ces pins audacieux
Dont le front de verdure allait toucher les cieux ?
Où sont ces peupliers, ces frênes dont la tête
Durant deux cents hivers a bravé la tempête ?
Muets, sans vie, ils ont passé comme la fleur
Qu'abat dans le vallon la faux du moissonneur.
Adieu, vieilles forêts, le jouet de Zéphire,
Où résonnaient jadis les accens de ma lyre,

Où naguère, courbé sous le poids des douleurs,
Du jeune Zamira je disais les malheurs.
Adieu, vieilles forêts, adieu, voûtes sacrées,
De verdure et de fleurs autrefois entourées.

Le voyageur, surpris des rayons de Phébus,
Pleure, et dit, en voyant vos rameaux abattus :
« L'éternité semblait consacrer vos ombrages ;
» Et voilà que des morts vous bordez les rivages.
» Chers enfans de Cybèle, hélas ! consolez-vous !
» Vous fuyez vers la mort bien moins vite que nous. »

ÉPITRES.

SUR LA MODESTIE,

A M. DELILLE, CURÉ DE GUÉRET.

ÉPITRE PREMIÈRE.

Toi qui réunissant la force à l'élégance,
Du cygne de Clermont rappelles l'éloquence,
Delille, si tu sais faire couler nos pleurs,
Si tu sais arracher les vices de nos cœurs,
Tu sais bien mieux encor, par cette modestie
Qui, d'un rare talent la compagne chérie,
De ses timides pas conduit le vrai savant,
Charmer l'esprit vaincu par ton art triomphant.

Que de sots aujourd'hui, dont la nature avare
A d'un génie étroit paré l'esprit bizarre,
Osent, bien différens, malgré tous leurs faux pas,
Marcher enorgueillis des talens qu'ils n'ont pas!
Mais chacun en riant les place en leurs limites,
Et rit du grand orgueil de leurs petits mérites.

« Oui, vous avez raison, me dit Monsieur Saurien,
» Oui, sans la modestie il est sûr qu'on n'est rien ;
» Je connais force auteurs qui, pour la moindre idylle,
» Se placent sans façon au-dessus de Virgile ;
» Qui nous ayant, hélas ! quelquefois condamnés
» A l'ennui d'écouter leur vers infortunés,
» Étaient prêts, en lisant leurs œuvres éternelles,
» A verser de plaisir des larmes paternelles.
» Je suis, grâces au ciel, loin de leur ressembler.
» Que de droits cependant j'aurais pour m'élever !
» Fameux dans la chanson, fameux dans l'élégie,
» Chacun goûte mes vers, en prône l'énergie.
» Ma gloire tous les jours me fait mille jaloux.
» Mon nom me suit partout. Eh bien ! le croiriez-vous ?
» Malgré tous ces honneurs rendus à mon génie,
» Je n'en suis pas plus vain, plus fier. La modestie
» Dont les grands écrivains se montrent revêtus,
» Est toujours, à mes yeux, la reine des vertus. »
Je ris à ces discours superbes et frivoles,
Et dis : « De l'homme fier voilà bien les paroles ;
» Il prise, selon lui, trop peu tout ce qu'il fait,
» Et s'il se dit modeste, il croit l'être en effet. »
Eh ! quel est l'orgueilleux, dans le siècle où nous sommes,
Qui n'ose s'estimer le plus humble des hommes ?
Connaissez-vous Clarens, dont le nom glorieux
Incognito s'élève et vole jusqu'aux cieux ?
Il vient de publier ses merveilleux ouvrages.
Mortels, prosternez-vous, rendez-leur vos hommages ;

Savourez-les ; qu'ils soient jour et nuit feuilletés ;
Que, n'ayant pas le sort des enfans trop gâtés,
Leur père ne soit pas le seul qui les admire....
.Vous riez, je le vois ; il a monté sa lyre
Pour d'ignorans ingrats ; mais la postérité
Vengera vos mépris d'un coup d'autorité.

Pour mériter ces ris, eh ! quel fut donc son crime ?
Si l'humble modestie a droit à notre estime,
Quel homme fut jamais plus modeste que lui ?
On sait que ses écrits, chefs-d'œuvre en fait d'ennui,
Endormiront soudain jusqu'aux malins critiques
Qui voudront censurer ses vers soporifiques.
A peine cependant ce roi des écrivains
Ose-t-il avouer que ses écrits divins,
Heureux triomphateurs des temps, de l'ombre noire,
Immortaliseront sa trop célèbre histoire ;
Ou s'il ose avouer son immortalité,
C'est pour ne pas blesser par trop la vérité.

Mais enfin laissons là tous ces traits d'ironie ;
Laissons là l'orgueilleux dans sa douce manie,
S'estimer franchement rempli d'humilité,
Et n'avoir qu'un esprit gonflé de vanité.
Laissons-le, sans rivaux, admirer son génie ; (9
Et nous, du vrai savant peignons la modestie.

Méconnaissant l'intrigue et ses succès honteux,
Sans faste, sans éclat, coulent ses jours heureux.
Il paraît des talens ignorer l'avantage,
Et d'un enfant aimable offre la douce image.

Il semble mépriser ses sublimes travaux ;
Il se croit au-dessous de ses moindres rivaux.
Mais en vain il s'abaisse, il néglige la gloire ;
Les siècles à jamais garderont sa mémoire.
Vainement Fénélon dédaignait les beautés
De ses tendres écrits par les Grâces dictés , *
De nos derniers neveux ils feront les délices.
Ce poète enchanteur qui censura nos vices
En prêtant nos travers, nos mœurs aux animaux ,
Ce poète enchanteur dont les rians tableaux
Charment toujours nos yeux par des grâces nouvelles,
Le cédait, par bêtise , à ses anciens modèles.
L'avenir a jugé. La Fontaine étonné
Voit à ses pieds Ésope et Phèdre consterné.
L'aimable traducteur des douces Géorgiques,
Le chantre des jardins et des travaux rustiques,
Delille était bien loin de prétendre en ses vers
Du cygne de Mantoue égaler les concerts ;
Mais la postérité qui couronna Delille,
L'a forcé de s'asseoir à côté de Virgile ,
Et ses écrits charmans, dictés pour l'avenir,
Feront dans tous les temps aimer son souvenir.
Le Delille qui règne aujourd'hui dans la chaire,
De tous les orateurs se croit le plus vulgaire ;
Mais cependant chacun, en rappelant son nom ,
Dit : « Nous voyons en lui revivre Massillon. »

* Art poétique, ch. II.

~~~~~~

CONTRE LES DÉTRACTEURS DE BOILEAU.

A M. L..., auteur de quelques pièces de poésie
pleines de fraîcheur.

ÉPITRE II.

Que penses-tu, L..., en voyant condamner
Un mortel que Phébus s'est plu de couronner
Des lauriers immortels qu'arrose l'Hippocrène ?
Ce mortel est Boileau !... Boileau, tel qu'un vieux chêne
Qu'assiège vainement l'aquilon furieux,
Boileau s'élève, et voit ses pâles envieux
Réunir les efforts de leur comique rage.
Il les voit, et se rit d'un impuissant orage ;
Il sait trop que son luth et ses chants immortels
De nos derniers neveux méritent les autels.

De ses nobles concerts que j'aime l'harmonie,
Soit qu'empruntant la voix du chantre d'Ionie,
Il livre à nos regards le Rhin ensanglanté (*a*),
Pleurant les vains efforts d'une vaine fierté ;
Ou que, loin du tumulte et du fracas des villes (*b*),

(*a*) Épître IV.
(*b*) Épîtres VI et X.

<div align="right">6..</div>
~~~~~~

Il célèbre d'Auteuil les campagnes tranquilles ;
Soit qu'en vers plus hardis, roi du sacré vallon (c),
Il dicte à nos neveux l'art chéri d'Apollon ;
Ou que suivant Sapho, les accords de sa lyre (d)
Peignent en traits de feu l'amour et son délire ;
Soit que de la mollesse il trace la douleur (e),
Et d'un héros pieux il arme la valeur,
Pour briser d'un lutrin la masse audacieuse (f) ;
Ou que ses ris malins attaquent la joueuse (g)
Qu'en ses nobles emplois l'aube du lendemain
Souvent retrouve encor les cartes à la main,
Et qui, pour se coucher, les quittant non sans peine,
Déplore le destin de la nature humaine ;
Qui veut qu'en un sommeil où tout s'ensevelit,
Tant d'heures sans jouer se consument au lit.

    Vainqueur de l'Arioste (h) et de Perse (i) et d'Horace (k),
O toi par qui Gilbert (l) honora le Parnasse,
Dieu du goût, ô Boileau ! dès que j'eus lu tes vers,
Je m'écriai : « Ta gloire a rempli l'univers !

(c) Art poétique.
(d) Heureux qui près de toi pour toi seule soupire. (LONGIN.)
(e) Le Lutrin, Chant II.
(f) Le Lutrin, Chant IV.
(g) Satire X.
(h) Le poëme héroï-comique.
(i) La Satire.
(k) Le poëme didactique.
(l) Gilbert se plaisait à répéter que c'était la lecture de Boileau qui
l'avait formé.

6...

» Qu'importe qu'un Zoïle, animé par l'envie,
» Pour singulariser le rôle de sa vie,
» Épuise contre toi l'encre de sa fureur ?
» La raison passe, rit, et plaint sa triste erreur :
» L'oubli couvre son nom, et tes divins ouvrages
» Des nations, des temps braveront les naufrages.
» Triomphe ! vainement par d'odieux discours
» Ils pensent arrêter le soleil dans son cours. »

LA BERGÈRE

SUR LE POINT D'AIMER.

SONNET.

La fille du Soleil, sur un char de lumière
Rougissait de ses feux les portes du matin,
L'étang réfléchissait un ciel pur et serein,
Et la reine des nuits achevait sa carrière.

Abandonnant déjà l'étable hospitalière,
Io des prés connus reprenait le chemin ;
Déjà l'agneau, paissant le cytise et le thym,
Le long des clairs ruisseaux errait sur la bruyère.

Quand j'entendis ces mots : « D'où viennent mes douleurs ?
» — D'où vient qu'au nom d'Hylas je sens naître mes pleurs ?
» Pourquoi suis-je, sans lui, triste, sombre et rêveuse ? »
Ainsi, sans voir Hylas, ainsi parlait Iris.
« Aime, ma douce amie, et tu seras heureuse, »
Lui répond le berger caché dans un taillis.

ROMANCES.

ROMANCE PREMIÈRE.

Mon cœur, vous soupirez au nom de l'infidèle :
Avez-vous oublié que vous ne l'aimez plus ?

BOILEAU.

Temps fortunés où ma bergère
Semblait sourire à mes amours,
Plus prompt que l'ombre bocagère
Vous avez passé pour toujours.
Pourquoi, pourquoi me trahit-elle ?
Pourquoi mes vœux sont-ils déçus ?
Vous soupirez, mon cœur, pour l'infidèle,
Oubliez-vous que vous ne l'aimez plus ?

Que mon cœur battait d'allégresse,
Lorsque sur le penchant des monts
Je veillais, avec ma maîtresse,
Sur les pas de ses blancs moutons !
Je croyais vivre heureux près d'elle....
Vain espoir, regrets superflus !....
Vous soupirez, mon cœur, pour l'infidèle,
Oubliez-vous que vous ne l'aimez plus ?

N'écoute plus, ô ma bergère,
Ces bruits, cause de mon malheur,
Quitte, quitte ce front sévère,
Reviens, j'oublîrai ton erreur.
J'oublîraí tout ; mes feux, cruelle,
N'auront un terme qu'à la mort.
Vous soupirez, mon cœur, pour l'infidèle...
Vous sentez trop que vous l'aimez encor.

ROMANCE II.

Fleuve du Tage, etc.
. . . .
-Adieu, je vais
Vous quitter pour jamais.

Adieu village
Où j'ai reçu le jour;
Côteau sauvage
Dont j'aimais le séjour!
Trahi par mon amie,
Bien loin de ma patrie,
Adieu, je vais
Vous quitter pour jamais.

Adieu prairie,
Et vous, berceau de fleurs,
Rive chérie
Témoin de mes douleurs!
Trahi par mon amie,
Bien loin de ma patrie,
Adieu, je vais
Vous quitter pour jamais.

Adieu, bergère,
Cause de mes malheurs,
　　Fille trop chère,
Reçois mes derniers pleurs!
Je pars, cruelle amie,
Bien loin de ma patrie;
　　Adieu, je vais
Vous quitter pour jamais!

—————

LE RETOUR DANS LA PATRIE.

ROMANCE III.

En unquàm patrios longo post tempore fines,
Pauperis et tuguri congestum cespite culmen,
Post aliquot, mea regna videns, mirabor aristas?
VIRGILE, Églogue I.

Le 6 mai 1820, année où je faisais ma rhétorique au collége de Guéret, sous un jeune littérateur du mérite le plus rare, du talent le plus distingué, du savoir le plus profond, et dont le souvenir sera toujours cher à mon cœur, je fus appelé pour passer un jour au bourg de La-Chapelle, ma patrie. Comme il y avait déjà long-temps que je n'y étais allé, mes transports furent si vifs en voyant les premiers cerisiers en fleur, de mon pays, que je composai à l'instant, et en moins d'un quart d'heure, cette romance, ce qui doit en faire pardonner la faiblesse.

BEAUX lieux, témoins de ma naissance,
Témoins de mes premiers désirs,
O champs où règnent l'innocence,
La gaîté, les ris, les plaisirs!

Salut... Je viens sous les ombrages
Que m'offrent vos arbres en fleur,
Je viens chanter vos frais bocages,
Vos vergers, vos bois, mon bonheur.

Une cruelle destinée
M'avait exilé loin de vous ;
Mais dès l'aurore de l'année
Du sort je brave le courroux.
Je viens, je revois vos rivages,
Le plaisir fait battre mon cœur,
Et je chante vos frais bocages,
Vos vergers, vos bois, mon bonheur.

Que ne puis-je long-temps encore
Vous habiter, ô lieux chéris !...
Le matin, j'irais dès l'aurore
Rêver dans vos sentiers fleuris ;
Ou, sous vos berceaux de feuillages,
Avec les fauvettes en chœur,
Je chanterais vos frais bocages,
Vos vergers, vos bois, mon bonheur.

Et le soir, quand l'ombre légère
Commence à brunir les côteaux,
A l'heure où la jeune bergère
Ramène en chantant ses troupeaux ;
De la lune au sein des nuages,
En voyant la tendre lueur,

Je chanterais vos frais bocages,
Vos vergers, vos bois, mon bonheur.

Mais avant que l'aube ennemie
Ait doré la tour du saint lieu,
Hélas! ô ma douce patrie,
Il faut encor vous dire adieu !
Adieu donc, loin de ces ombrages
Que m'offrent vos arbres en fleur,
Je vais regretter vos bocages,
Vos vergers, vos bois, mon bonheur.

MÊME SUJET,

SOUS UN RAPPORT DIFFÉRENT.

16 *Septembre* 1822.

ROMANCE IV.

Je reviens dans ma patrie,
Déjà je commence à voir
La promenade chérie
Où je m'égarais le soir.

J'aperçois, à la lumière
Du crépuscule mourant,
La maison de la bergère
Que j'aimais si tendrement.

O femme aimable et charmante,
O toi, mes seules amours,
Malgré ton âme inconstante,
Va, je t'aimerai toujours.

Quoique un autre te possède,
Tu vis toujours dans mon cœur;
Mon amour est sans remède,
Je mourrai de ma douleur.

7..

NOTES.

1) PAGE 11.

» L'astre des nuits, dit-elle, au haut de sa carrière,
» Blanchit l'azur des cieux de sa douce lumière :
» Un silence profond règne dans l'univers.
» L'ouragan furieux ne trouble plus les airs ,
» Ne brise plus les troncs des peupliers sauvages,
» Et voit cesser le cours de ses affreux ravages.
» Tout dort ; je veille seule et songe à mes malheurs. » Etc.

Imitation de ces beaux vers de Virgile :

Nox erat, et placidum carpebant fessa soporem
Corpora per terras ; silvæque et sæva quiérant
Æquora ; cum medio volvuntur sidera lapsu ;
Cùm tacet omnis ager ; pecudes, pictæque volucres,
Quæque lacus latè liquidos, quæque aspera dumis
Rura tenent, somno positæ sub nocte silenti
Lenibant curas, et corda oblita laborum :
At non infelix animi Phœnissa ; etc.

ÉNÉID. LIB. 4e.

Comme ce calme profond de toute la nature contraste bien avec les orages du cœur ! Ce morceau a été encore imité au commencement du troisième chant.

2) PAGE 12.

» Hé bien ! ma douce amie, il ne me manque rien !
» Tous mes vœux sont remplis ! quel bonheur est le mien !

» Vois-tu dans le lointain, vois-tu cette rivière,
» Des pâles feux du ciel réfléiant la lumière ?
» Plus loin, ces monts altiers, couronnés de forêts,
» Et ces champs sablonneux, ennemis des guérets ?..
» Rappelle-toi le jour où, parcourant ces plages,
» Je te vis au-dessous de ces plaines sauvages, etc.

Quelques froids amateurs d'une sévère symétrie pourront, peut-être, m'objecter que les transitions de ce discours sont trop brusques; mais je leur demanderai s'ils pensent de bonne foi qu'un jeune homme fortement ému, doive faire à sa maîtresse des discours aussi graves, aussi méthodiques qu'un orateur; si ce n'est pas d'une vive passion qu'il est surtout vrai de dire :

« Chez elle un beau désordre est un effet de l'art. »

Et si le premier devoir du poète n'est pas de s'attacher à peindre fidèlement la nature ?

3) Page 17.

« Courons vers les autels, mourons et vengeons-nous. »

Imitation de ce vers fameux de Virgile :

Moriamur, et in media arma ruamus.

Énéid. Lib. 2e.

L'aimable auteur des *Jardins*, le touchant poète de la *Pitié*, l'immortel traducteur des *Géorgiques* et de l'*Énéide*, n'a peut-être pas rendu l'heureux effet de *moriamur*, placé avant : *et in media arma ruamus*, lorsqu'il a fait dire à Énée :

7...

Mourons le fer en main; c'est là notre devoir. »

4) Page 21.

Un sommeil éternel leur verse ses pavots.

Horace a dit :

Ergò quintilium perpetuus sopoor urget !

ODE 20ᵉ. LIB. 1ᵉʳ.

5) Page 26.

.... Tel un beau lis, sur sa tige flétrie
.... Expire.

On connaît la comparaison touchante de Virgile :

Purpurens veluti cum flos succisus aratro
Languescit moriens. . . .

ENÉID. LIB. 9ᵉ.

6) Page 31.

Tranchée à sa racine ainsi meurt une rose
Que le zéphir caresse et que la pluie arrose, etc.

Ut flos in septis secreti nascitur horti,
Ignotus pecori, nullo contusus aratro,
Quem mulcent auræ, firmat sol, educat imber.

CATULLE, Epith. de Manlius et de Junie.

7) Page 42.

Bien jeune encor je vais quitter la vie.

Racine avait dit avant moi dans les vers les plus enchanteurs :

Hélas! si jeune encore,
Par quel crime ai-je pu mériter mon malheur?

Ma vie à peine à commencé d'éclore :
Je tomberai comme une fleur
Qui n'a vu qu'une aurore.
Hélas ! si jeune encore,
Par quel crime ai-je pu mériter mon malheur ?

ESTHER. Acte 1er, scène 5e.

Ces regrets sur une jeunesse qui va bientôt être moissonnée, font toujours la plus vive impression sur une âme sensible.

8) PAGE 47.

J'en redirai les mots ; l'air m'en est échappé.
Numeros memini, si verba tenerem.

VIRG. Ecl. 9e.

9) PAGE 61.

Laissons-lui, sans rivaux, admirer son génie.
Quin sine rivali teque et tua solus amares.

HORAT., Art. poét.

LODOÏS ET AZÉMA.

PRÉAMBULE.

CHAPITRE PREMIER.

BONHEUR DE CELUI QUI AIME LES LETTRES ET LA CAMPAGNE.

HEUREUX celui qui aime les lettres et la campagne ! Heureux celui qui peut se consoler dans le sein des Muses des malheurs qui viennent l'assiéger ! Quelques maux qui semblent devoir l'accabler, un rien suffit pour porter la sérénité dans son âme. Un beau jour de printemps, les premières fleurs des arbres, la verdure renaissante des prés, les ruisseaux, libres de leurs chaînes, baisant un rivage parsemé de violettes, les premiers concerts du rossignol, la vue lointaine d'une ferme d'où se prolongent les chants du coq, les côtes voisines blanches de troupeaux, tout inspire à son cœur sensible des idées riantes. Et combien de charmes ne trouve-t-il pas dans la mélancolie elle-même ! Le voyez-vous s'égarer, un soir d'automne, dans les champs qui commencent à perdre leur ancienne beauté ? Il se plaît à voir la lune sortir, par intervalles, des nuages jaloux de sa lumière ; de loin il se plaît à entendre le sourd rugissement de l'aquilon qui courbe la cime de la forêt et jonche la terre de ses feuilles décolorées, à entendre la chute au loin retentissante de la cascade des montagnes.

Souvent, un Racine, un Boileau ou un Bossuet en main, il s'oublie dans les fraîches promenades des bois. Né pour les lettres et la nature, que lui manque-t-il ? Il jouit de tout ce qui l'environne ; les plus cruelles adversités ne sauraient l'abattre, tandis que ses stupides dépréciateurs voient d'un œil aride les scènes les plus sublimes de la nature ; ne jouissent de rien et se laissent terrasser par les moindres disgrâces.

Pour moi qui, jusqu'ici, n'ai marché que dans le chemin de l'infortune combien de fois les ai-je éprouvées, les douces consolations qu'offre la culture des lettres ! Du moins si elles ne m'ont pas rendu célèbre, elles m'ont rendu heureux au milieu de mes malheurs. Aujourd'hui l'adversité semble me persécuter plus que jamais. Eh bien ! je consacre aux Muses ce dernier ouvrage ; et pendant que j'y emploierai mes instans de loisir, ô infortune, j'oublierai tes traits cruels.

DESCRIPTION

DE LA RETRAITE OU J'ÉCRIS.

CHAPITRE II.

Eh! qui pourrait ne pas les oublier, les traits de l'infortune, et n'être pas inspiré, étant environné, comme je le suis, des objets les plus enchanteurs?

Venez, montez avec moi dans le lieu de ma retraite; entrez sous ce toit solitaire, asile des faneuses, lorsque la pluie les surprend dans leurs travaux. De ce lieu consacré à mes heures d'étude, vous découvrez une infinité de prairies d'où s'élèvent de loin en loin des arbres fruitiers, tandis que, dans le fond, surmontée d'un grand pont rouge, la Gartempe roule ses eaux majestueuses, et traverse une route presque toujours couverte de voyageurs. Plus loin, s'élève une côte, au-dessus de laquelle vous distinguez à travers les arbres le bourg de La Chapelle : autour de vous vous voyez çà et là apparaître les maisons blanches des métairies, et dans les champs qui vous environnent, vous n'entendez de toutes parts que le bruit de la faucille du moissonneur qui coupe les jaunes épis, que les joyeux refrains des bergères qui se mêlent au bêlement des brebis, et que le souffle des vents qui vient mourir dans la forêt voisine; tandis que, perchés dans les cerisiers qui s'élèvent près de la fenêtre, les vives fauvettes, les rossignols aux ailes cendrées, les merles au plumage noir, et les bouvreuils à la gorge de feu, s'animent aux concerts les plus doux.

C'est là que je viens me délasser de mes travaux, en me livrant à mes occupations chéries; c'est là que je vais retracer les touchantes aventures de Lodoïs et Azéma.

PROLOGUE.

C'était pendant le règne du successeur de Charlemagne : depuis quelques années un bon vieillard s'était fixé dans le bourg de La Chapelle ; son nom était Lodoïs : aussi recommandable par ses vertus que par ses vastes connaissances, il était aimé et vénéré de tous ses concitoyens. Il y avait dans le bourg qu'il habitait un jeune homme appelé Louis, auquel il s'était singulièrement attaché : il l'avait retiré chez lui, et déjà l'avait destiné pour son héritier. Ce jeune homme aimait son bienfaiteur autant que le plus tendre des fils chérit le père le plus vertueux. Souvent il demanda à Lodoïs le récit de ses aventures, mais en vain. Enfin, un soir, Louis l'ayant pressé plus vivement que de coutume, il l'emmena seul avec lui dans un jardin placé derrière sa demeure. Tous deux s'assirent sur un siége de gazon. L'air était frais, le ciel sans nuage, la lune montait sur l'horizon, et les vents du soir frémissait à peine dans les rameaux des arbres. Le vieillard garda quelque temps le silence ; enfin il commença ainsi :

RÉCIT.

CHANT DES TROUBADOURS

PENDANT LA MARCHE DE L'ARMÉE FRANÇAISE.

CHAPITRE PREMIER.

POURQUOI faut-il que je rappelle des malheurs dont je devrais à jamais éteindre le souvenir ! Mon cœur, glacé par le froid des années, va sentir de nouveau se rouvrir ses plaies, et je vais répandre de nouvelles larmes : mais tu le veux, mon fils, il me serait trop dur de te refuser une chose que tu m'as demandée tant de fois ; je t'obéis :

Paisible conquérant de l'Europe presque entière, Charlemagne voyait l'univers trembler à son nom : tout respectait ses lois ; lorsque les fiers Saxons, jaloux de sa puissance, et oubliant ce que peuvent les armes des Français, rompirent le pacte solennel qu'ils avaient fait avec lui, et osèrent se révolter. Le Roi marche déjà contre eux, tandis que les troubadours, dont j'augmentais le nombre, réveillent l'ardeur guerrière des chevaliers sans peur par l'hymne que je vais répéter :

« Fils des combats, volez à la victoire ;
» Devant vos pas voyez marcher la gloire.
» Déjà vos ennemis pâlissent de terreur ;
» Sans doute, des Français ils rêvaient l'esclavage,
» Et nous chargeons leurs mains frémissantes de rage,
» Des chaînes que pour nous apprêtait leur fureur.

 » Fils des combats, volez à la victoire ;
 » Devant vos pas voyez marcher la gloire.
» Français, quelle douceur, après votre retour,
» De vous voir couronnés par les mains d'une amie,
» De cueillir, dans les lieux où commença la vie,
» A l'ombre des lauriers les myrtes de l'amour !

 » Braves guerriers, vengez votre patrie ;
 » Marchez, courez vers la terre ennemie ;
» Et qu'un jour l'étranger, jaloux de nos succès,
» Se dise, en rappelant nos conquêtes brillantes :
» Là, furent autrefois des villes florissantes ;
» Elles avaient osé résister aux Français ! »

Les troubadours chantaient ; chaque guerrier s'animait
en marchant de l'ardeur qui les inspirait ; l'audace de la
victoire brillait dans leurs yeux ; et, frémissant de colère,
et agitant dans leurs mains leurs lances menaçantes, ils se
dirigeaient à grands pas vers les frontières ennemies ; tel
s'avance en mugissant vers une forêt immense un incendie
qui bientôt doit y porter le ravage et l'horreur. Mais le
jour fuit ; on s'arrête.

Le comte de Toulouse m'appelle : « Jeune amant des
» Muses, me dit-il, tu connais le château du vieux
» comte d'Oémon, qui est à quinze lieues d'ici ; de grâce,
» pars, va dans ce château ; tu y verras une jeune fille
» d'une beauté céleste ; tâche, mon ami, de lui donner
» cette lettre, dans laquelle je lui fais connaître les feux
» dont je brûle pour elle : surtout que ses parens ne s'aper-
» çoivent point du message dont je t'ai chargé !... Malgré
» la haine qui toujours a divisé son père et moi, que
» n'ai-je cherché à lui parler moi-même, à lui faire moi-
» même l'aveu de mon amour : mais ma gloire et mon
» roi ordonnent que je parte ; il faut obéir. Va donc ;
» sache que, dans la réponse que tu me porteras, il s'agit
» de mes jours, et crois que ma reconnaissance égalera la
» durée de ma vie. »

Il dit : je lui promis d'être fidèle à la parole qu'il exigea
de moi : vaines promesses dont se jouèrent les vents !

LA ROMANCE.

CHAPITRE II.

Je partis dès l'aurore ; le lendemain je me rendis chez le comte d'Oémon. On me reçut avec tout le respect dont la Calédonie honore le Barde des combats. Le vieux comte me pria d'assister à un festin qu'il donnait. Sa fille parut à ce festin : à son aspect je sentis une émotion involontaire ; une rougeur soudaine couvrit mon front ; j'avais alors vingt ans ; jamais je n'avais ressenti un pareil trouble : malgré moi, sans cesse mes regards étaient fixés sur elle ; j'osai contempler ces yeux noirs, cette neige et ces roses qui coloraient son visage, ce front, siége de la candeur et de la modestie, et cette taille si majestueuse.

Ma réputation avait pour lors quelque célébrité ; on me pria de chanter une romance de Lodoïs : on ne savait point qu'on parlait à Lodoïs lui-même, je hésitai d'abord ; puis, ayant pris ma guitare, je préludai un instant, et bientôt je chantai ces paroles, en m'accompagnant de l'instrument mélodieux que je portais toujours avec moi :

« Hier encor, hier j'étais paisible ;
» L'amour avait respecté mon repos,
» Et je croyais mon âme inaccessible

» Au dieu cruel que vénère Paphos.
» Mes yeux ont vu la beauté dont les charmes
» Devaient enfin rendre ce dieu vainqueur :
» J'ai répandu d'involontaires larmes,
  » Et j'ai dit : Adieu mon bonheur.

» La jeune rose, amour de la nature,
» Qui l'embellit des plus fraîches couleurs,
» Méprise, hélas ! la violette obscure
» Dont le gazon nous dérobe les fleurs.
» Hélas ! aussi, mon obscure naissance
» M'ôte l'espoir d'aspirer à ton cœur.
» Tu vois mes pleurs avec indifférence :
  » C'en est fait ; adieu mon bonheur.

» Oh ! de l'Amour si protégeant la cause,
» Le Ciel voulait un jour nous réunir ;
» Si je pouvais, sur tes lèvres de roses,
» O mon amante, expirer de plaisir !
» Oui, sans regret je quitterais la vie,
» En expirant j'emporterais ton cœur :
» Mourir ainsi, ce serait, mon amie,
  » Mourir dans les bras du bonheur. »

Le dernier son de ma guitare mourait, et l'on m'écou-
tait encore. Azéma (c'était le nom de la fille d'Oémon)
laissait entrevoir quelques larmes. Chacun était attendri ;
chacun jetait sur moi ses regards ; moi seul, sans y pen-
ser, je portais les miens sur Azéma, qui baissait la tête
et rougissait.

LA LETTRE.

CHAPITRE III.

On se retira bientôt après : mais en vain Azéma disparut à mes yeux; j'emportai son image dans mon cœur. Souvent je me disais : « Malheureux ! ignores-tu ton » humble origine ? ignores-tu que celle que tu oses » aimer, est la fille du comte d'Oémon? que dis-je ? » quand tu serais maître d'un empire, as-tu donc oublié » que tu as donné ta parole au jeune comte de Tou- » louse ? as-tu donc oublié qu'il est aussi honteux au » troubadour qu'au chevalier de forfaire à l'honneur? » Tels étaient mes discours : mais au seul souvenir d'Azéma, j'oubliais tout, je ne voyais plus qu'elle.

Je passai ainsi plusieurs jours dans les plus cruelles agitations : la lettre que le comte de Toulouse m'avait chargé de remettre à Azéma, contribuait surtout à augmenter mes inquiétudes. Comment donner cette lettre à mon amante, sans me donner peut-être un rival qui détruirait toutes mes espérances ? comment la garder sans être parjure? Un soir cependant, inquiet et rêveur, je cherche une romance où est le nom d'Azéma. Je dépose pour un moment tous mes papiers sur la fenêtre de ma

8...

chambre, afin de la voir et de la retrouver plus vite, lorsque soudain un perfide tourbillon emporte loin des lieux que j'habite toutes mes romances, parmi lesquelles se trouvait la lettre du comte de Toulouse. D'abord je regrettai les fruits de tant de veilles; mais lorsque j'eus vu que la lettre du comte les avait suivis, je fus tenté de m'en réjouir. « Il n'y va pas de ma faute, me dis-
» je, si je ne la remets point; et un heureux hasard
» qui me favorise voudra peut-être que, si on la
» trouve, on la présente seulement aux parens d'Azéma,
» qui ne lui permettront point de la lire. »

C'est ainsi que je pensais, ô infortuné ! aurais-je pu me mettre dans l'esprit que le comte d'Oémon irait croire, après avoir lu cet écrit fatal, que j'étais moi-même le comte de Toulouse venu pour séduire sa fille, et que j'avais jeté à dessein cette lettre dans un lieu où elle venait souvent avec ses compagnes, afin qu'elle pût lui tomber plus sûrement entre les mains ; et c'est ce qui arriva néanmoins, ainsi que me le raconta, six ans après, un troubadour qui, après avoir passé quelques jours chez le père de mon Azéma, vint s'arrêter chez mon frère.

Ce fut le même troubadour qui m'apprit que la haine dont le père de mon amante poursuivait depuis si long-temps mon illustre rival, naissait de ce que jadis il avait été vaincu dans un tournois, par ce héros alors presque dans son enfance. Heureux si, après sa victoire, le jeune comte n'eût point vu, n'eût point aimé celle que ses yeux auraient dû fuir pour jamais ; mais l'amour connaît-il la raison ?

Vous me demanderez peut être comment il put se faire que le comte d'Démon, ayant oublié les traits de son vainqueur, me prit pour lui ; mais lorsque je vous aurai fait savoir que, dans nos tournois, les combattans ne se découvrent presque jamais le visage, et que ma taille était à-peu-près celle du comte de Toulouse, cette méprise vous paraîtra peu étonnante. Vous désirez sans doute savoir le contenu de cette lettre ; elle était conçue en ces termes :

« Azéma, pardonnez mon audace, j'ose rompre un
» silence pénible, j'ose vous écrire, j'ose vous dire que
» par vous je vis ou je meurs ; je vis, si vous m'aimez ;
» je meurs, si vous ne répondez pas à mes feux. Vous
» me verrez chez votre père, et j'espère n'être pas connu
» de lui. »   *Le comte* DE TOULOUSE.

Une jeune bergère, en menant ses brebis au pâturage, trouva cette lettre et mes romances, et les remit au père de mon amante ; alors j'étais absent ; je rentre : le vieux comte redouble pour moi les témoignages de tendresse qu'il m'avait toujours montrés jusqu'ici : jamais son visage ne m'avait paru plus serein, jamais il ne m'avait parlé avec autant d'affection ; cependant je distinguais de temps en temps dans sa figure certains traits involontaires, qui paraissaient et disparaissaient soudain, et qui me glaçaient de terreur ; mais j'avais une secrète honte de la frayeur que je ressentais.

NOTRE-DAME-DES-BOIS.

CHAPITRE IV.

Il était nuit ; j'allai, selon ma coutume, rêver dans la campagne. Le calme le plus profond régnait dans les airs, aucun nuage ne voilait l'horizon ; seulement la lune, qui pour lors ne se levait qu'à minuit, n'éclairait point les ombres. Je marche : j'entends une voix plaintive ; je cours vers le côté où elle partait ; j'arrive, j'aperçois, à la clarté des étoiles, mon Azéma elle-même qui pleurait, prosternée devant un hôtel consacré à Notre-Dame-des-Bois. Telles furent les paroles que j'écoutai :

« Mère des affligés, pardonne si, dans l'ombre,
» Seule, et n'obéissant qu'à mon trouble cruel,
  » Je viens, à l'heure où la nuit est plus sombre,
    » Prier vers ton autel.

  » Hélas ! ces jours passés, mes yeux ont vu paraître
» Au château de mon père un jeune troubadour :
» Excuse, en le voyant, si j'ai senti, peut-être,
    » Ce que c'est que l'amour.

  » Contre lui, si j'en crois un serviteur fidèle,
» Mon père vient d'armer quatre hommes furieux.

» Ils le cherchent déjà , pleins d'un barbare zèle ,
         » La rage dans les yeux.

   » Bienfaisante Marie , au malheureux Trouvère
» Inspire le dessein d'abandonner ces lieux.
» Conduis-le ; sur ses pas , ô vierge tutélaire ,
         » Veille du haut des cieux.

   » Mère des affligés , pardonne si , dans l'ombre ,
» Seule , et n'obéissant qu'à mon trouble cruel ,
   » Je viens à l'heure où la nuit est plus sombre ,
         » Prier vers ton autel. »

Ici Lodoïs s'arrêta ; deux torrents de larmes coulèrent
de ses yeux ; long-temps il resta sans voix , puis il s'écria :
O mon Azéma, oui , quand je devrais traîner sur la terre
une vie sans fin , je verserais sur toi des larmes éternelles ;
oui , malgré ces cheveux blanchis qui m'avertissent que
bientôt je vais descendre dans la tombe, malgré ces yeux
éteints qui semblent se refuser à la lumière, malgré ce
corps tremblant et courbé, qui déjà appartient plus à la
mort qu'à moi-même, ô mon Azéma, jamais je ne pourrai seulement rappeler ton nom , sans que mon cœur soit
déchiré par les douleurs les plus cruelles. Lodoïs s'arrêta
de nouveau pour pleurer, puis il reprit en ces mots :

A peine Azéma eut-elle achevé cette touchante prière,
qu'elle regagna le chemin de sa demeure. Je vais au devant
d'elle. — « Belle Azéma, lui dis-je, oserai-je vous deman-
» der où tendent maintenant vos pas ? — Au château de

» mon père, me répondit-elle. Mais vous, jeune trouba-
» dour, excusez si je vous parle si librement.... d'où vient
» que vous n'êtes point parmi les braves qui combattent
» pour la patrie ? Ne redoutez-vous pas que votre ab-
» sence ne fasse soupçonner votre valeur ? — La gloire,
» lui dis-je, a toujours été mon idole ; mais, jeune Azéma,
» depuis que je vous ai vue, la gloire n'est plus rien pour
» moi. — Jeune troubadour, vous vous troublez..... Ce-
» pendant pourquoi vous arrêter si long-temps dans ces
» contrées.... Si vous y aviez quelques ennemis....— Quels
» ennemis, ô fille de la beauté ? — N'en doutez point vous
» en avez.... de bien barbares ; peut-être maintenant vous
» cherchent-ils le fer en main.... je ne sais quel motif peut
» avoir excité tant de colère contre vous.... je suis bien
» persuadée qu'elle est injuste ; vous avez sans doute suc-
» combé sous de fausses accusations ; il suffit de vous voir
» pour être convaincu de votre innocence. Mais fuyez ;
» il en est temps encore. Dieu ! s'ils vous trouvaient seul
» dans l'ombre avec moi....— Quoi ! votre père, Azéma ?
» — Eh bien ! mon père ?..... que voulez-vous dire ?
» ciel !.... m'auriez-vous entendue tantôt près de l'autel ?...
» je tremble.... —Fiez-vous au plus infortuné, mais au
» plus fidèle de vos adorateurs.... Oui, belle Azéma, j'ai
» osé écouter vos paroles. » Et en même temps je tombai à ses pieds en versant un torrent de larmes. Elle garda un moment le silence ; puis bientôt, saisie d'effroi :
— « Qu'entends-je ? dit-elle..... Des voix basses qui re-
» tentissent dans l'ombre ! je vois des glaives étinceler

» dans les ténèbres.... encore une fois, hâtez-vous,
» fuyez.... — Eh quoi! ces barbares vous trouveront seule
» en ces lieux; savez-vous bien les dangers dont vous êtes
» menacée? Plutôt, plutôt la mort la plus affreuse que
» vous laisser exposée à ces tigres... O mon Azéma que crai-
» gnez-vous avec moi? Venez, fuyons dans la forêt? —
» Avec vous?....—Demain dès l'aurore vous retournerez
» dans votre palais,.... les voyez-vous derrière ces arbres?
» Ils viennent à nous! que diront-ils s'ils vous trouvent ici?
» C'en est fait de ta vie, ô ma bien-aimée; en vain ton
» amant désarmé mourra en te défendant. » En même
temps je la prends entre mes bras, et je me hâte de ga-
gner la forêt; tandis que nos ennemis, ayant entendu le
bruit de nos pas, courent vers le côté où je dirigeais ma
fuite.

———

LA FUITE.

CHAPITRE V.

QUELLE sera notre retraite ? Je connaissais une grotte sauvage qui s'enfonçait dans ces lieux, nous y entrons.

Bientôt après nous entendons nos ennemis ; ils s'arrêtent près de l'endroit qui nous servait d'asile.... Nous écoutons en frissonnant leurs horribles discours.— « Eussions-nous » pensé, dit l'un, qu'Azéma eût fui pendant la nuit la » maison paternelle ? A qui se fier désormais ? la plus » vertueuse des mortelles a succombé, elle a méconnu » les lois de l'honneur ! — Mais où trouver, reprend un » autre, un père qui montre plus de fermeté que le comte » d'Oémon ? Non, je ne puis croire, nous a-t-il dit, qu'elle » ait suivi les pas du plus cruel de mes ennemis, de ce » vil étranger à qui je vous avais déjà chargé de donner » le trépas : non, je ne puis soupçonner en elle un crime » aussi noir. Cependant.... si tel était mon malheur, que » je fusse réservé à cet excès d'ignominie ; si vous voyez » la perfide près de lui, frappez, que tous les deux meu- » rent à l'instant : j'aime mieux vivre privé de ma fille, » que déshonoré.— Quoi ! interrompt un troisième en » frémissant de fureur, nous nous lasserons en vain toute

» la nuit à chercher l'un et l'autre ! ah ! du moins, quel que
» soit le premier des deux qui tombe entre nos mains,
» innocent ou coupable, que la cruauté avec laquelle nous
» lui donnerons la mort, nous venge des fatigues extrêmes
» qu'ils nous font éprouver ! » Et tous quatre se lèvent
en même temps, et cherchent leurs victimes de tous côtés ;
lorsque l'un d'eux s'écrie : « Je crois avoir entendu quel-
» que bruit devant nous ; marchons ; ce sont eux assuré-
» ment. » Ils s'éloignent à ces mots : de loin nous prêtons
en frémissant l'oreille à leur marche retentissante dans les
feuilles sèches dont les arbres ont jonché le sein de la
terre.

Nous restâmes long-temps encore cachés dans cette
grotte. Enfin je dis à Azéma : « O ma bien-aimée ! si nous
» attendons l'aurore on nous reconnaîtra dans ce pays
» soumis à votre père, et alors notre trépas est certain.
» Si la nuit pouvait favoriser notre fuite..... — Eh quoi !
» fuir !.. — Qu'attendre en ces lieux ? une mort affreuse ?
» — Mais trahir mon devoir, mais vivre déshonorée !...
» Infortunée que je suis ! » A ces mots elle se mit à pleurer. Je la pris par la main et je sortis avec elle de la grotte.

« O mon Azéma, lui répondis-je, il est d'autres climats
» où vous pourrez, sans trahir ni votre honneur ni votre
» devoir, couler votre vie dans le repos, et peut-être
» dans le bonheur. Fuyons ; pauvres fleurs renversées par
» l'aquilon, appuyons-nous l'une sur l'autre de peur d'être
» entièrement déracinées par la tempête. Venez, près
» des rives de la Gartempe, dans le bourg de La Cha-

9

» pelle, ma patrie, j'ai pour père un bon laboureur. O
» ma bien-aimée, continuais-je en pleurant, vous n'y
» verrez point de jeunes chevaliers combattre, pour vous
» plaire, dans de brillants tournois; vous n'y habiterez
» point dans un château dont les contours spacieux seront
» environnés d'un large fossé; vous n'y donnerez pas la
» main à un prince éclatant de gloire. Non, ma douce
» amie, non, vous n'y verrez que de jeunes bergers com-
» battre à qui vous célébrera le mieux dans ses naïves chan-
» sons; vous n'y habiterez qu'une chaumière entourée de
» vergers et de prairies; vous ne pourrez y donner votre
» main qu'à un simple pasteur (ou si je suis assez heureux
» pour être préféré), à un jeune troubadour dont tout le
» bonheur sera de vous voir et de passer sa vie près de
» vous. » Et pendant que je lui parlais ainsi, je l'entraî-
nais avec moi. Nous continuâmes de marcher en silence;
déjà nous avions traversé la forêt lorsque la lune commença à se lever; soudain dans un sentier étroit où nous
passions nous découvrons les assassins qui nous cherchaient;
deux étaient étendus à chaque côté du chemin, en sorte
que pour aller plus loin il fallait absolument traverser
leurs pieds qui croisaient la route. Heureusement ils
étaient endormis; car, alors, si un seul eût veillé, c'en
était fait de notre vie. Azéma palpitait avec force; à peine
eût-elle pu faire un pas. Je la prends de nouveau entre mes
bras; je m'avance lentement, sans bruit je franchis leurs
pieds, et à peine sommes-nous un peu éloignés d'eux que
nous fuyons cette terre dangereuse à pas précipités.

LA FERME.

CHAPITRE VI.

Le lendemain nous arrivâmes dans un hameau, où nous nous délassâmes quelques instans; nous étions dejà hors des régions où commandait le père d'Azéma; bientôt après nous repartîmes.

Un peu avant le soir nous nous arrêtâmes dans une ferme située non loin des lieux où combattaient nos armées. Nous entrâmes dans la maison; le maître était absent. Deux enfans qui me parurent âgés de huit à neuf ans nous firent asseoir, et nous dirent : « Jeunes voya- » geurs, reposez-vous un moment, nous allons chercher » notre père qui est allé au-devant de notre mère dans » la prairie voisine, d'où elle doit, sans tarder, ramener ses » agneaux. » Ils achevaient à peine que je les vis disparaître; peu de temps après je découvris une troupe d'agneaux déjà un peu forts qui revenaient du pâturage. Derrière eux je vis un jeune homme qui tenait entre ses bras un enfant de six à sept mois, et qui accompagnait une jeune femme d'une figure douce et agréable; à côté marchait un bon vieillard un bâton à la main. Ils arrivent : « Nous vous remercions, jeunes voyageurs, d'avoir choisi

» notre ferme pour vous y arrêter; nous vous offrirons
» avec joie le peu que nous possédons. » Et en même
temps ils dressent une table sous de hauts cerisiers qui ombrageaient le devant de leur maison; ils préparent un
champêtre repas; nous nous mettons à table.

Quelque temps après, nos hôtes nous demandèrent
quelle heureuse cause nous avait conduits chez eux; je
leur avouai ingénument ce qui m'était arrivé. Ils s'atten-
drirent sur notre sort, ils versèrent des larmes. « Pour
» nous, dit le jeune homme, combien nous devons bé-
» nir la Providence! humbles arbrisseaux, nous naissons
» à l'abri des tempêtes. Le bonheur semble s'être réfugié
» dans nos cabanes. O ma bonne amie, dit-il en s'adres-
» sant à son épouse, je te vis pour la première fois à la
» fête de notre village; je te vis, je t'aimai, et qui aurait
» pu te voir sans t'aimer? Tes parens, qui étaient amis
» de mon père, s'arrêtèrent avec toi dans notre demeure;
» je t'emmenai dans les champs voisins; je te dis : vois-
» tu, dans le lointain, ces taureaux, ces moutons? vois-
» tu ces prairies environnées de grands arbres fruitiers?
» vois-tu les cabanes où nous habitons? Fille aimable de
» l'ami de mon père, toi que j'ai aimée du premier mo-
» ment où tu t'es présentée à mes regards, vois, si tu le
» veux, tout est à toi; tu baissas les yeux en rougissant;
» nous revînmes bientôt près de nos pères. Le lendemain,
» continua-t-il en s'adressant à moi, lorsque mon amante
» et son père furent partis, je dévoilai mes sentimens à
» ce vénérable vieillard que vous voyez, et qui est l'au-

» teur de mes jours; un mois après nous fûmes unis. De-
» puis ce moment, ma vie qui, auparavant, était l'au-
» rore du bonheur, n'a été qu'un enchaînement de jours
» délicieux; jamais le moindre orage n'a interrompu notre
» félicité, excepté le jour infortuné, ô ma mère, où tu
» expiras entre nos bras.

» Quel plaisir, lorsque le soir je reviens las de mes tra-
» vaux du jour, de voir mon père, ma femme et mes
» enfans venir à mon devant, et me faire oublier mes fa-
» tigues par leurs douces caresses! Quel plaisir de dis-
» tinguer nos traits dans ces jeunes enfans qui nous ont
» toujours chéris de l'amour le plus tendre, de former
» ces jeunes plantes à la vertu, et de nous dire: lorsque
» nous toucherons à l'hiver de nos jours, ils veilleront
» avec les mêmes soins sur notre vieillesse que nous autre-
» fois sur leur enfance! »

» — Mais, interrompis-je, votre bonheur n'est-il pas
» troublé par les guerres qui soufflent leurs ravages près
» de ces lieux?

Alors le vieillard qui était près de moi prit la parole et
me dit : « Mon fils, la guerre est sans doute comme la
» foudre qui frappe les hautes montagnes et épargne les
» humbles collines; ainsi, tandis que les nations combat-
» tent près de nous, nous vivons paisibles et sans crainte
» au milieu de nos prairies et de nos troupeaux. Plus
» d'une fois nous avons entendu les cris farouches du
» guerrier se mêler de loin au bêlement de nos brebis;
» mais nous avons dit: Hommes nés pour le sang, cher-

» chez la gloire au milieu des débris et des morts, nous
» préférons couler à l'ombre de nos jours inglorieux; en-
» foncez le glaive dans le sein de l'infortuné pour vous
» faire un nom célèbre, nous préférons le bonheur.

» Dans mon jeune âge, ô mon fils, la gloire tenta mon
» cœur et m'arracha, ainsi que vous, du toit de mes
» pères. Je partis; je passai plusieurs années dans les
» camps; mais enfin je reconnus ce que c'est que ce vain
» fantôme qu'on appelle renommée; je soupirai après la
» cabane de mes aïeux, après les champs où j'avais passé
» mon enfance, et je dis: Adieu combats, adieu désirs
» de gloire, adieu triste ambition, adieu fausses gran-
» deurs qui promettez le bonheur et qui ne le donnez
» point; adieu, j'aime mieux vivre au milieu des ber-
» gères de mon pays, j'aime mieux vivre dans une heu-
» reuse obscurité que de voir ici mon cœur déchiré par
» des passions éternelles. »

C'est ainsi que nous nous entretenions; et cependant le
soleil se couchait dans des flots d'or et de pourpre, tandis
que le côté opposé semblait attendre que la lune com-
mençât à blanchir l'horizon. Les troupeaux regagnaient
leurs étables, et l'air ne retentissait au loin que du mu-
gissement des taureaux, du bêlement des moutons, et des
joyeuses chansons des bergères; pendant qu'au-dessus de
la fenêtre l'hirondelle saluait le soleil près de s'éteindre
par un dernier gazouillement.

PROJETS DE BONHEUR.

CHAPITRE VII.

Le jour suivant, dès que l'aube eut commencé à paraître, nous dîmes adieu à nos hôtes qui nous quittèrent les larmes aux yeux. De tous côtés nous ne voyions que des collines chargées de raisin, des arbres qui ployaient sous le poids des fruits, et des vallées remplies de troupeaux. Les pieds dans l'herbe blanche de rosée, et la tête levée vers le ciel rouge des tendres feux de l'aurore, nous aimions à admirer l'auteur de la nature dans le tableau magnifique qu'il étalait à nos regards.

Nous voyageâmes ainsi pendant huit jours. Rarement nous nous arrêtions dans les villes; nous préférions le séjour des hameaux. Souvent Azéma, je m'en souviens, me disait : « O mon ami, jadis tous les plaisirs s'empressaient » autour de moi; l'opulence et les grandeurs me présen- » taient tous leurs attraits; eh bien, j'étais insensible à » leurs charmes les plus séduisans : tu me manquais, ô » mon bien-aimé.

» Quand tu serres mes mains entre les tiennes je tremble; » quelquefois, en te considérant, je sens couler des pleurs » involontaires, et je me dis : le verrai-je long-temps en-

» core? Oui, mon ami, humble bergère, je vivrai avec
» toi mille fois plus fortunée que sur le trône des rois.
» Mais, dis-moi, si je meurs bientôt (car je ne sais quel
» pressentiment m'annonce que mon bonheur ne doit pas
» durer long-temps), dis-moi, mon bien-aimé, ne m'ou-
» blieras-tu point ?

» Moi t'oublier, lui disais-je aussitôt, t'oublier, mon
» Azéma? Ignores-tu que je ne saurais vivre sans toi, et
» que si j'étais condamné à te survivre, je traînerais sur la
» terre une existence éternellement malheureuse; avant
» de t'avoir oubliée, ô ma bonne amie, la mousse aura
» couvert mon tombeau.

» Dis-moi, te souviens-tu de ces bons fermiers qui nous
» reçurent avec tant de générosité? hé bien ! mon Azéma,
» un jour nous serons aussi heureux qu'ils le sont main-
» tenant. Je cultiverai de mes mains la petite ferme que
» m'ont laissée mes pères ; nous verrons avec joie nos bleds
» naître, croître, mûrir et tomber sous la faucille; nos
» arbres nous enrichir de leurs fruits, et nos abeilles de
» leurs trésors ; le soir, tandis que les enfans se joueront
» près de toi, je chanterai mon Azéma sur ma guitare.
» Souvent, près du bocage qui s'élève dans ma prairie,
» nous aimerons à voir nos jeunes agneaux bondir sur
» l'herbe fleurie, et nos chèvres pendre du haut des roches
» buissonneuses (1).

» Avec quels transports d'allégresse, mon père nous

(1)	D umosâ pendere procul de rupé videbo.

VIRG., *Ecl.* I.

» pressera chaque soir sur son sein ! oui, tout concourra
» à notre bonheur, mon père devenu le tien, nos enfants,
» le travail ami du plaisir, les champs et la douce paix de
» l'âme. Tiens, ma bonne amie, porte la main sur ma
» poitrine, sens-tu comme mon cœur bat près de toi ?
» donne-moi un baiser, ô ma bien-aimée, achève ma
» félicité. » Et je baisais ses joues plus rouges que l'aube
aux portes du matin.

LE PASTEUR.

CHAPITRE VIII.

Le huitième jour Azéma me parut accablée de fatigue; ses pieds se refusèrent de la porter plus loin. Heureusement j'avais un frère qui, depuis peu, était venu s'établir dans les contrées où nous nous trouvions. J'emmenai chez lui mon Azéma dans une faiblesse extrême; je lui appris mon sort en peu de mots; et la joie qu'il eut de me voir ne fut interrompue que par l'état funeste où il vit mon amante. Dieu puissant, qu'ils sont cruels les coups terribles que vous frappez dans votre colère! Qu'elle est amère la coupe d'amertume dont quelquefois votre justice abreuve le pécheur! Infortuné! je l'ai bue jusqu'à la lie.

Le trouble, l'effroi, la fatigue, la douleur d'avoir offensé un père implacable; la crainte d'avoir, par un amour innocent, blessé les austères lois de la pudeur, tout se réunit contre mon Azéma.

Sa situation devint de jour en jour plus déplorable; une fièvre brûlante ne tarda pas à se faire sentir; en vain tous les secours lui furent prodigués : ses maux ne firent que redoubler.

Pour moi, je refusais toute nourriture; nuit et jour je

veillais près d'elle, et je me cachais pour pleurer. Quelquefois elle me disait : « Mon bien-aimé, si près de mon
» bonheur, faut-il voir ma vie moissonnée? Hélas! je le
» savais que mon amour était un crime, qu'en t'aimant
» comme je le fais encore, j'offensais le ciel et mon père,
» et que ma coupable félicité ne pouvait durer. Infortunée!
» à peine j'ai vécu un jour près de toi, et c'en est fait,
» nous allons être séparés pour jamais. »

A ces mots, je ne pouvais retenir des ruisseaux de larmes, et je me roulais sur la terre en gémissant. J'étais
devenu plus pâle que la mort; mes yeux hagards étaient
enfoncés dans ma tête; ma voix était rauque et tremblante; et mon état devint presque aussi à craindre que
celui d'Azéma. Mon frère me força à rester dans un
appartement séparé de celui de la fille d'Oémou; à chaque
moment du jour je m'informais de sa situation qu'on se
gardait bien de me découvrir, lorsqu'un matin j'entendis
une petite cloche dont le tintement se dirigeait du côté de
la maison de mon frère.

Je compris bien qu'on portait à mon amante les derniers
secours de la religion : malgré la situation où je me trouvais, je me lève, je hâte mes pas tremblants vers la
chambre de mon Azéma. J'arrive, elle était sans voix,
elle tourne le visage de mon côté, s'efforce en vain de me
dire adieu; et en même tems je vois les larmes couler le
long de ses joues. Je me précipitai vers elle, je l'embrassai
en poussant de longs sanglots; on m'arracha de son lit, et
on me mit dans un autre lieu de son appartement, presque

sans vie et sans connaissance. Bientôt après on vit arriver
un prêtre revêtu d'une tunique blanche ; et suivi des ha-
bitans du hameau. J'entendis à peine les premières prières :
seulement je commençai à revenir à moi, lorsque le vénérable ecclésiastique lui adressa ces paroles :

« Réveillez-vous de votre état funeste, ô vous qui dé-
» sormais allez être la compagne des anges ; réveillez-vous
» pour voir votre Dieu qui vient se donner à vous. Oui,
» ma sœur, il vient habiter dans votre sein, celui que les
» cieux ne peuvent contenir, celui qui s'est sacrifié pour
» vous, celui qui pour vous est mort sur une croix, à la
» vue d'une mère désespérée. Hé bien ! à votre tour, vous
» allez lui sacrifier votre vie ! Eh ! pourquoi lui refuseriez-
» vous ce sacrifice ? que pourriez - vous regretter ici
» bas ? une jeunesse flétrie dès son aurore, des amis qui
» semblaient devoir faire le bonheur de vos jours ? Hélas !
» chère Azéma, cette jeunesse hier si brillante, se serait
» évanouie au bout de quelques années. Que vous en serait-
» il resté ? de vains regrets. Ces amis qui semblaient de-
» voir vous rendre heureuse (je suppose qu'ils vous
» fussent restés fidèles) ; la vieillesse que vous pensiez
» être si éloignée, et qui pour tous les hommes cependant
» s'avance à pas précipités ; la vieillesse, en vous livrant
» au pouvoir de la mort, vous eût bientôt forcée à les
» abandonner. En ces derniers moments, que vous fût-il
» resté ? peut-être le remords d'avoir oublié votre Dieu.
» Le voilà ce Dieu clément, ce Dieu de miséricorde ! il
» vous a pardonné, ma chère sœur, toutes les offenses

» que vous avez commises contre lui. Il vient, l'époux
» couvert de la robe nuptiale ! volez à lui tendre colombe !
» que vos ailes fatiguées du pénible voyage de la vie, se
» reposent à jamais dans son sein ! Déjà sa tendre mère
» vous tend les bras ; les séraphins prennent leurs harpes
» d'or, et chantent le jour solennel de votre arrivée dans
» les cieux. Partez, âme céleste, soyez tout à lui, montez
» avec lui, avec lui jouissez du bonheur que vous pro-
» met l'éternité. »

Il parlait, et je sentais appaiser mon désespoir ; je sentais
peu à peu couler mes larmes que jusque-là l'excès de ma
douleur avait taries. Chacun pleurait, le vieux pasteur lui-
même était vivement attendri, et l'on voyait qu'il s'effor-
çait de cacher ses pleurs. Il entonna un moment après les
litanies des agonisants, auxquelles il ajouta d'autres prières.
Mais quand il prononça ces mots : « Mes jours se sont
» évanouis comme l'ombre, et j'ai été fanée comme la fleur
» des champs : Seigneur, ne m'avez-vous fait naître que
» pour me nourrir du pain de la douleur ? » mes larmes
redoublèrent, et je ne pus maîtriser mes transports. —

Avec quelle pitié ma jeune amante s'unissait aux prières du
vénérable pasteur ! comme elle frappait sa poitrine en sup-
pliant dans son cœur celui qui expira pour elle, de lui pardonner ses iniquités ! avec quel respect elle reçut son Dieu !

Le bon prêtre ne tarda pas à se retirer avec la multi-
tude qui l'avait suivi ; et Azéma poussa un profond soupir
en voyant s'éloigner son consolateur qu'elle ne devait plus
revoir.

LE CIMETIÈRE.

CHAPITRE IX.

CEPENDANT je m'avançai près d'elle ; elle me tendit la main pour dernier gage de sa foi ; je la pressai en l'arrosant de mes larmes : mais peu à peu je sentis cette main chérie se glacer entre les miennes ; je tremblai d'horreur ; je levai la tête ; mon Azéma venait d'expirer : ses yeux étaient fermés, sa bouche close, et sa main droite tenait encore une petite croix sur sa poitrine. Elle paraissait aussi tranquille que quand, la tête couronnée de roses, elle embellissait les banquets brillans donnés par son père, seulement elle était plus pâle. A cette vue, je tombai sans sentiment ; et je ne sais combien de jours je demeurai en cet état. Je rouvris enfin les yeux à la lumière ; mais je restai un jour entier privé de ma raison ; ce ne fut qu'au troisième jour que je revins à moi pour revenir à mes douleurs. Mon premier soin fut de voler dans l'appartement d'Azéma : le vide de sa chambre redoubla mon désespoir. Il était environ minuit ; j'allai dans le cimetière de la paroisse. La blanche lumière de la lune me découvrit une tombe dont la terre était fraîchement remuée. C'était celle de mon amante ; mon cœur me le dit : là je me mis à ge-

oux; je me souvins alors de Notre-Dame-Des-Bois qu'Azéma avait implorée pour moi : à ce souvenir je versai de nou-
elles larmes ; je l'invoquai pour elle, cette vierge des in-
ortunés. Peu à peu je sentis une douleur moins vive agiter
non cœur. Le silence de ce lieu solitaire, la mousse qui
'élevait sur les vieilles tombes des aïeux du hameau, le
ent de la nuit qui agitait parfois le triste feuillage des
yprès, surtout mon Azéma qui remplissait mon âme, tout
oncourait à m'inspirer des pensées qui, toutes noires
qu'elles étaient, ne laissaient pas d'avoir un certain charme
our ma douleur. Je m'arrachai enfin de ces lieux, les bras
roisés sur ma poitrine et pleurant Azéma. Chaque nuit
'étais fidèle à me rendre dans l'enclos funéraire : là je me
appelais les lieux où j'avais vu mon amante, où j'avais
oyagé avec elle, la romance que j'avais chantée au festin
levant son père, l'autel où elle était venue prier pour moi,
a forêt que nous avions traversée, les chemins où je
n'étais chargé de son doux poids, la ferme où nous avions
u réguer l'innocence et la félicité, nos projets de bon-
eur, et les pressentimens d'Azéma sur sa fin prochaine,
d'Azéma qui faisait le bonheur de ma vie, d'Azéma qui
avait tout abandonné pour me suivre, d'Azéma qui n'était
plus..... Alors mes sanglots redoublaient ; et dès qu'ils
s'étaient arrêtés, je m'écriais : « Azéma ! Azéma ! » Et
l'écho des tombeaux répétait au loin: « Azéma! Azéma! »

Ici les pleurs arrêtèrent encore le bon vieillard, qui, un
moment après, reprit en gémissant :

Mon frère ayant vu que toutes ses consolations étaient

raines, comprit enfin que tant que j'habiterais les lieux
qui me rappelleraient la présence d'Azéma, tout ne servi-
rait qu'à entretenir mes chagrins. Il voulut absolument que
je partisse pour mon pays. « Veux-tu, lui répondis-je,
» m'arracher cette dernière consolation, d'habiter les lieux
» où est la tombe de mon Azéma? Tu crois m'empêcher de
» la pleurer? Oh non ! je la pleurerai jusqu'à ce que je me
» sois endormi du dernier sommeil. » Je prononçai ces derniers mots avec un tel accent de douleur, que mon frère,
loin de résister à mes larmes, partagea lui-même mes pleurs;
et je suis resté chez lui jusqu'au moment où la vieillesse
est venue m'avertir que je ne serais bientôt plus qu'une
vaine poussière.

Enfin, avant de mourir j'ai voulu voir ma patrie, ce
doux pays où j'ai passé mes premières années dans une si
douce paix, cette demeure antique et chérie où j'ai commencé à bégayer le nom de mon père. Je les ai vus; et
mon cœur a palpité à leur aspect; mais en vain j'ai cherché les compagnons de mon enfance ; tous sont descendus
dans le tombeau. Moi seul, malgré le poids des douleurs,
moi seul je leur ai survécu; mais, je le sens, bientôt je les
suivrai; déjà, ô mon fils, je ne puis me traîner sans toi
jusqu'à ma cabane; mes forces m'ont abandonné, et mes
paupières se refusent au sommeil : hier, on célébra la fête
des morts; eh bien ! mon bon ami, j'ai déjà choisi la place
où je veux reposer à jamais.

Le vieillard finit à ces mots, et tous deux long-temps
encore répandirent des pleurs.

ÉPILOGUE.

L'AUTEUR PREND LA PAROLE.

C'était dans ces temps où l'automne jonche la terre de ses dernières feuilles, où le rossignol est sans voix, et où l'on n'entend que les cris du noir corbeau s'unir au bruit des orages. Hé bien ces temps plaisaient plus à mon âme que les beaux jours du printemps, parce qu'ils étaient plus conformes à mon cœur. Chaque soir lorsque la nuit commençait à déployer ses voiles, j'allais, je m'enfonçais dans la forêt solitaire. De loin je prêtais l'oreille au bruit sourd des cascades tombant sur des rochers blancs d'écume, j'aimais à entendre le hibou, ami des tombeaux, mêler sa voix sépulcrale à la voix solennelle des tempêtes, et je disais :

« Que tout soit dans ces lieux triste comme mon cœur :
» Nuage redoublez vos épaisses ténèbres ;
» Nuit, environne-moi de tes voiles funèbres ;
» Rugissez, aquilons avec plus de fureur ;
» Bois dont le voyageur redoute le murmure,
» Roulez avec fracas vos cimes sans verdure ;
» Que tout soit dans ces lieux triste comme mon cœur. »

Un soir que la tempête laissait régner le calme dans les airs, oubliant la forêt où j'avais coutume de me rendre, je m'arrêtai dans l'enclos funéraire où reposent les bons aïeux de ma patrie. Je m'assis en silence sur la tombe d'un jeune frère que la mort me ravit dans mon enfance. Et je dis : « O cher et doux enfant, tu ne parus qu'un jour sur la » terre. Tendre fleur, la même aurore qui te vit naître te » vit mourir. Mais en vain, ô mon frère, ô moitié de ma » vie, tu dors dans la nuit du tombeau ; cher Auguste, tu » vivras toujours dans mon cœur ; toujours ton souvenir » fera couler mes larmes. »

C'est ainsi que je m'exprimais quand je vis venir en ces lieux une jeune femme couverte d'un long voile blanc. Elle se pencha en pleurant sur la grande pierre près de laquelle le pasteur de la paroisse vient s'arrêter les jours de procession. « Lodoïs, Lodoïs, s'écriait-elle en gémissant, c'en » est fait, ta famille est éteinte ! Le mois passé la mort m'a » ravi mon époux, et le trépas vient encore de m'arracher » mon fils qui était le dernier rejeton de ta postérité ! » Hélas ! ombres chéries, je ne tarderai pas à vous suivre. »

Je fus touché de ses pleurs ; je m'avançai vers elle ; je lui demandai quels étaient ses malheurs. Quelle fut ma surprise lorsqu'elle m'eut appris que son époux descendait du frère de Lodoïs ; que ce Lodoïs, lui-même si célèbre par ses infortunes, reposait depuis dix siècles sous la grosse pierre près de laquelle elle se trouvait ; et que sa famille venait de s'anéantir dans le jeune enfant qu'elle pleurait !

« Ainsi donc, m'écriai-je, tout passe, tout disparaît sur

» la terre, tout va se perdre dans les abîmes de l'éternité.
» Infortuné voyageur aux terres étrangères, eh! pourquoi
» nous attacher à l'exil de la vie, si rempli de troubles et
» de calamités! Ah! n'espérons, n'espérons de repos, de
» félicité que dans notre éternelle patrie. »

TABLE.

(118)